TAKE
SHOBO

結婚が破談になったら、
課長と子作りすることになりました!?

青砥あか

ILLUSTRATION
逆月酒乱

JN146042

蜜夢
MITSU
YUME

結婚が破談になったら、課長と子作りすることになりました!?

CONTENTS

act. 1	6
act. 2	19
act. 3	60
act. 4	88
act. 5	112
act. 6	135
act. 7	169
act. 8	197
act. 9	220
act.10	256
あとがき	266

MITSU YUME

イラスト／逆月酒乱

結婚が破談になったら、課長と子作りすることになりました!?

act.1

『挙式のためにせっかく予定を空けてもらったのに、ごめんね。結婚、破談になっちゃった……。最期にヒカリちゃんに会いたかったな』

唯一の親友にメールを送信し、スマートフォンを鞄《かばん》にしまう。向かってくる電車を虚ろな目で見つめ、ふらふらとホームの白線に向かっていった。すべてを終わらせることしか、考えられなかった。

＊　＊　＊

「死にたいということは、その体に用はないということだな。それなら、私の子供を産んでから死なないか？」

パイプ椅子の上で腕と脚を組み、不遜な態度でそう言い放ったのは、野々宮菫《ののみやすみれ》の上司にあたる白瀬光一《しらせこういち》だった。病院のベッドに身を起こした菫は、彼をぽかんと見つめ「はぁ

「……」と気の抜けた返事をした。

「子供を産んでくれたら、苦しまず失敗しないよう自殺させてやる。他にも要求があれば、考えてやらないこともない」

　この人は、なにを言っているのだろう。理解できない。

　菫はまた「はぁ……」と無気力に相槌《あいづち》を打った。

「どうだ？　私の子を産まないか？」

　突然言われても返答に困る内容だ。菫は困惑に瞬きし、うつむいた。

　流れ落ちてきた長い黒髪は、生乾きで磯《いそ》の香りがする。着ているのは前を着物のように合わせる病院着で、下着はつけていない。崖から海に飛びこんだ時に着ていた喪服と眼鏡はどこにいったのだろう。眼鏡はなくても日常生活に支障がない程度の視力だが、いつも顔を隠してくれていたものがないのは落ち着かない。

　それから崖の上に置き去りにした鞄と靴。後で返されるのだろうか。でも、どこから？

　死のうとして、こうして生きて戻ってきてしまうと、あれこれと考えてしまう。そんな自分がなんだか滑稽だった。

　その上、仕事以外で接点のなかった上司が、なにやらおかしなことを言ってくる。普通に物事を考えられる状態ではないところに、難解すぎる提案だ。

もう自殺をする気もすっかり萎《な》えたが、生きていたいとも思えない。なんとも言えない気分だった菫は、面倒臭すぎてこの提案に乗ってしまおうかという、投げやりな気持ちにさえなっている。

苦しまずに死なせてくれるとも言っているし……。

しかしなぜ、彼がここにいるのだろうか。

「あの……私はどうしてここに？　白瀬課長が助けてくださったのですか？」

死にたかったのに、助けてもらったというのもおかしな話だったが、他に言いようがない。

「たまたま、クルーザーで通りかかったら人が飛びこむのが見えた。放っておくのも寝ざめが悪いからな……そうしたら、君だった」

「クルーザー……ですか」

そういえば白瀬は、今日から休日だった。クルーザー遊びをするような、優雅な身分だとは知らなかったが、よく見れば白瀬の身につけているものはどれも高そうだ。成金趣味で下品というわけではなく、一つ一つの素材が高級で、詳しくない人間が見てもわかる上質さだった。お洒落《しゃれ》に疎い菫でも、センスがいいと思う私服姿だ。

それだけでなく、白瀬は見目も麗しい。すらりとした長身に、バランスよくついた筋肉。

手足も長く、モデルのような均整のとれた体躯《たいく》をしている。顔も理知的で整っていて、はっとするような美貌ではないが、落ち着いた格好よさがあった。

残念なのは、なにが不愉快なのかと周囲を畏れさせる深い眉間の皺《しわ》だ。常に刻まれているその皺は、もう彼の顔の一部のようだった。しかも表情と同じように、気難しく厳しい人柄でもある。それさえなければ、もっと見栄えがするだろうし、女性にも人気がでただろう。

そんなわけで、白瀬は容姿にも仕事の出来にも恵まれた男性だったが、会社での女性受けが悪い。菫も、彼の威圧感に気圧されている一人だった。

菫が黙して視線をさ迷わせていると、苛立った様子の白瀬がきつい口調で質問してきた。

「だいたい君は、なぜ海になんて飛びこんだんだ？」

「あの、それは……最初は電車に飛びこもうと思ったんです。でも、それだと電車が停止してしまって皆様にご迷惑がかかります。ちょうど通勤ラッシュの時間帯でしたし」

朝の混雑した時間に、電車が止まるのはとても嫌なものだ。通勤ラッシュの大変さを知っている菫は、寸でのところで思いとどまり、やってきた電車に乗って終点までいった。そこにたまたま海があり、自殺するのにうってつけの崖を見つけたのである。

「違う。そういうことを聞いているのではない。天然だな」

白瀬が、頭でも痛いのか額を押さえて言う。気づまりな空気に、菫はベッドの上で身を縮めた。

「すみません……」

「ところでお父上が亡くなって、忌引だったな。そのせいか？」

「ええ、まあ……」

歯切れの悪い返答になってしまうのは、それだけが理由ではないからだ。

「告別式は無事に終わったのか？」

「はい……それは昨日、終わりました」

「そうか。大変だったな。たしか君が喪主だと聞いたが、他に親族は？」

「母は私が中学生の時に亡くなっていて、兄弟もいません。父は親戚付き合いを嫌っていましたし、母方の親族とは疎遠になっていましたので、葬儀には誰も……」

それでも遺産があったら違ったのかもしれない。菫は、ぽつりぽつりと現状について話しだした。話していないと泣きだしてしまいそうだったし、相手が上司だと思うと、仕事の報告のように淡々と語れた。

会社経営をしていた父の遺産は、蓋を開けてみたら借金しかなかった。それをどこで知ったのか、わずかに付き合いのあった父方の親戚は、通夜にも葬儀にもやってこなかった。母方も同じ。会社関係者もほとんどやってこない、ひっそりとした葬儀だった。

「そんなことになっていたのか。それで、借金は大丈夫なのか？」

さっきまで、とんちんかんな発言をしていたのが嘘《うそ》のように、まともな質問だ。菫が話している間も、白瀬は静かに相槌を打っているだけだった。

「まだ手続きがあると思いますが……相続放棄できましたので、大丈夫です」

ただ、そのおかげで菫が住む家はなくなった。子供の頃から慣れ親しんだ家を手放すのは悲しかったが、自分の力でどうにかできるものでもない。家財道具も持ってでられるもの以外は処分する予定で、菫の手元に残ったのは、就職してから自分で貯めたわずかばかりの預貯金と少ない私物だけだ。

「それで、そんな大変な君を放って、婚約者はどうしたんだ？」

すべてを話し終えたところで、おもむろに核心をついてきた白瀬に、菫は青くなった。

「君は、海外赴任先から帰国する予定の婚約者と、来年結婚すると聞いていたが、自殺未遂には彼も関係しているのか？」

会社の同僚などには内緒だったが、上司である白瀬には結婚すると話してあった。寿退社をする予定だったからだ。

肩が震え、喉の奥に塊がこみ上げてきた。息苦しさにうまく声がでない。なにも言えずに唇を噛んでいると、無言で立ち上がった白瀬が、菫の腕を掴《つか》んだ。

「ともかく、帰ろう。ここに長くいては迷惑だ」

「え……帰る？　どこに？」

「どうせ、いくところなどないのだろう。うちに置いてやる。立てるか？」

引きずられるようにベッドから降ろされた菫は、足元にあったスリッパをはき、一歩踏みだしてよろけた。膝に力が入らない。それに体のあちこちが痛むのに気づいて、呻《うめ》いた。

「痛いんだな。運よく大怪我もなく助かったが、あの高さから海に飛びこんだからな、全身打撲で痣《あざ》だらけだそうだ」

白瀬はそう言うと、さっと菫を抱き上げた。

「えっ！　ちょっ、あの課長っ！」

初めて男性に抱き上げられた菫は、真っ赤になって慌てた。だが、嫌がろうにも体中が痛くて、意外にも逞《たくま》しい男の腕の中でみじろぐこともできなかった。

「車まで運ぶだけだ。大人しくしていろ」

「でも、あの……服は……」

せめてもの抵抗で言ってみる。それに下着もつけていない病院着は心もとなかった。

ところが、白瀬はふんっと鼻を鳴らし、冷めた目で菫を一瞥《いちべつ》した。馬鹿なのかとでも言

いたそうだ。

「君が着ていたのは駄目になった。帰る途中で買ってやる」

それから菫は、運転手つきの車に荷物のように乗せられた。後部座席に並んで座った白瀬は、相変わらずむっつりとした表情をしている。会話もないまま車は走った。

どれぐらい時間がたったのか、菫がうつらうつらしていると繁華街に差しかかり、誰でも知っているようなハイブランドの路面店に連れこまれた。病院着姿ということもあり、裏から入店したが、白瀬と一緒に案内されたのは特別な顧客が通される個室だった。

だされたシャンパンを茫然《ぼうぜん》としながら飲んでいる間に、ハンガーラックいっぱいの服が運びこまれてきた。それから菫は別室で体や靴のサイズを測られ、一枚のふんわりしたシフォンワンピースに着替えさせられた。下着ももらえてほっとする。

ワンピースは脚の痣が隠れるロング丈で、ベージュ地に色とりどりの蝶《ちょう》が舞っている。菫が普段選ばないような華やかな柄だった。それに水色の綿麻素材の長袖カーディガンをはおらされ、簡単に髪を整えられて店からでた。

車に戻ると、運転手がトランクにそのブランドの紙袋をたくさんつめこんでいるところだった。よく見はしなかったが、路面店には女物しかなかったはず。もしかして菫の服を他にも購入したのだろうかと思ったが、白瀬に聞くことはできなかった。

彼がなにを考えているのかわからないまま、連れていかれたレストランで食事をし、とある邸《やしき》の玄関に到着したのは、日がすっかり落ちた頃だった。

運転手にドアを開けられ、白瀬が先に降りる。後に続いた菫に、ごく自然に手が差しだされた。驚いてその手を凝視していると、痺《しび》れを切らしたのか、白瀬は強引に菫の手を摑んで車から降ろした。

玄関アプローチに一歩踏みだし見上げた邸は、煉瓦《れんが》造りの洋館だった。といっても、比較的新しい建物で、年代物という感じではない。

明るい赤茶色の煉瓦の壁に、こげ茶色の屋根。右手前にある半円形の張り出しは、サンルームだろう。大きな格子窓から見えるラタンのソファや、パステルカラーのクッションが可愛らしい。

庭を振り返れば、丸い洋風の外灯に照らされた芝生は青々とし、花壇には色とりどりの花が咲き乱れている。その間に、緩やかにカーブを描きながら門扉から玄関までの道がある。その道沿いに外灯が等間隔に並んでいて、まるで絵本にでもでてきそうな邸だった。

「ここは……？」

「私の家だ」

端的に答え、白瀬は菫の手をとったまま歩きだした。上部がアーチ状になった扉を、黒服の使用人とおぼしき人物が開く。それをくぐると、臙脂《えんじ》色の絨毯《じゅうたん》が敷かれた玄関ホールが現れ、黒いワンピースに白いエプロン姿の女性が迎えてくれた。

家政婦だろうか。顔を上げた女性は中年で、人のよさそうな柔和な表情をしている。微笑みかけられ、菫はすぐに警戒心をといた。

「お帰りなさいませ、光一様。そちらの方が、菫様ですね」

「ああ、あとは頼む」

「初めまして、戸塚《とつか》かな恵《え》と申します。では菫様、こちらへ」

「え、ええ……」

わけもわからないまま、戸塚という女性に引き渡され、だされたスリッパにはきかえた。白瀬とは別の方向に案内される。玄関ホールと同じ臙脂色の絨毯が敷かれたふわふわする廊下を進み、連れてこられたのは浴室だった。乳白色の大理石張りの脱衣所は広く、大きな鏡のかかった洗面台の前には、白百合が飾られ甘い芳香を放っている。その香りに陶然となっていると、戸塚に着替えを手渡された。

肌触りの良い、シルクのパジャマのようだった。

「お風呂の用意はできております。ゆっくりと浸かって、疲れを落としてください」

そう言われると、どっとだるさが押し寄せてきた。生乾きの髪や肌がべたつくのも不快で、死のうとしていたくせに、いざ体を洗えると思うと安堵《あんど》した。

「ありがとうございます。では、遠慮なくお風呂をいただきます」

戸塚はドアの外に待機しているので、なにかあったら呼ぶよう言い残してでていった。

菫はすぐに服を脱いで、浴室のガラス戸を押す。

温かな湯気と一緒に、優しい花の香りが全身を包む。バスオイルだろう。強すぎない上品な匂いにはリラックス効果があるのか、溜《た》め息とともに菫の体から力が抜けた。

べたつく肌や髪を洗い、薔薇《ばら》の花びらの浮いた湯船に身を浸す。

今日はいろいろあった一日だった。自殺するほど思いつめ、住む家も失くし、海に飛びこんだ。これですべて終われると思ったのに、どういうわけか今は白瀬の邸でお風呂に入っている。不思議だった。

彼は、死ぬなら自分の子供を産めと言っていた。あれの真意についてまだ聞いていない。返事もしていなかった。

けれどこうして彼の家についてきてしまったということは、承諾したととられているのだろうか。

「私が課長の子供を産むなんて……」

なんの与太話だろう。白瀬がなにを考えているのかわからない。そして考えても、それを探り当てられそうにない。

菫は考えるのを放棄し、バスタブの縁に頭を載せて目を閉じた。

こわばっていた体が、ゆっくりと弛緩《しかん》していき、温かい湯の中で溶けていく。汗ばむこともある五月だというのに、足先や指先は冷えきっていたらしく、湯の中でじんじんと痺れて感覚が鈍い。それもしばらくすると柔らかく湯に馴染《なじ》んだ。

湯と肌の温度差がなくなる頃、菫の意識も溶けてなくなっていた。

act.2

お風呂で眠ってしまった菫は、そのままのぼせてしまったらしい。記憶はあまりなく、気づいたらベッドの上に寝かされていた。戸塚が頭を冷やしてくれたり、団扇で扇いだりと世話を焼いてくれ、その間に菫はまた眠りに落ちた。

翌日には、疲れといろいろな無理がたたったのか発熱し寝こんだ。そして、打撲のせいだけでなく、熱のせいで体の節々が痛んで苦しい中、不思議な夢を見た。

お風呂でのぼせている菫を、白瀬が血相を変えて助けにきたのだ。しかも「菫!」と呼び捨てにしている。会社では苗字……いや、苗字も呼ばれたことがなかったのではないだろうか。上司といえども、ほとんど接点がない。

その彼が、今まで見たことのないあせった表情で、菫の名前を呼び、しっかりしろと言う。そのうち、その情景が別のものと重なっていった。蒼白《そうはく》になった白瀬の後ろに見えていた浴室の白い天井が、ゆっくりと水色に変わっていく。雲一つない青空に太陽。鳥の鳴き声と潮の香り。見上げた白瀬は上半身裸で、菫と同じようにずぶ濡《ぬ》れで……泣いていた。

菫の名前を呼びながら、彼の赤くなった目から涙がしたたっている。海水なのかと思ったが、彼の声も涙でかすれていた。

『菫……良かった。生きてる』

震える声でそう言うと、白瀬は菫を強くかき抱いた。その時、潮の香りに混じって、ふっと懐かしい匂いがした。

なんの匂いだろう。思いだせない。白瀬の首筋から香っている気がするのだが……。

懸命に記憶を手繰るうちに、菫は目を覚ました。すっきりとした目覚めで、熱は下がっていた。体の痛みも軽くなっている。

瞼《まぶた》を開くと、知らない家の天井だった。

白い天井に小さな可愛らしいシャンデリアが下がっている。壁はスモーキーピンクで、起き上がるとこげ茶色の無垢《むく》材《ざい》の床が見えた。ベッドはマホガニー材でできたアンティーク。他の家具もアンティークのようで、猫脚のチェストや椅子がある。体からずり落ちた羽毛布団のカバーの裾にはレースがあしらわれていて、とてもロマンチックである。

今まで畳の部屋で布団という、和風な生活をしていた菫にとって、子供の頃に夢見たお姫様の部屋を具現化したようなインテリアだ。もしかして、まだ夢でも見ているのだろうかと首を傾げた時だった。

「おはようございます。お加減はいかがですか？」

ちょうど部屋に入ってきた戸塚が、ベッドに起き上がった菫を見て駆け寄ってきた。手にはパジャマの替えやタオルがある。

「ありがとうございます。もう、すっかり良くなったみたいです」

頭を下げてそう言うと、戸塚は嬉《うれ》しそうに「お腹が空いているでしょう。朝食を持ってまいりますね」と返して部屋からでていった。菫は置いていかれたタオルで体を軽く拭き、パジャマを着替えた。

運ばれてきた朝食は、寝こんでいた菫の体調を考えて白粥《しらがゆ》だった。ほとんどなにも食べていなかった胃に、染みわたるような優しい味がした。

「三日間ほど寝こんでいたんですよ」

「そんなに……」

粥をすくう蓮華《れんげ》を止めて視線を上げる。会社は有休扱いになっていると、戸塚は言った。それから、この邸が白瀬の親の持ち物で、両親は海外で暮らしていると雑談で教えてくれた。他に、彼には双子の姉がいるそうだ。

どういう仕事をしている親なのか、聞けなかったが、大した資産家なのだろう。白瀬のどこか浮世離れした雰囲気はそのせいなのかもしれない。

食後はだされた薬を飲み、やってきた医者にもう大丈夫だろうと診断された。打撲も痣《あざ》の色はひどかったが、腫れもなく、痛みもほとんど引いていた。

「今後、こちらが菫様のお部屋となります。光一様からのご伝言で、北側の書斎以外は好きに使って良いとのことです」

戸塚は、北側にある白瀬の書斎の場所について説明した。ただ、普段は鍵がかかっているので、うっかり入ることはないだろうとつけ加えた。

「それから菫様の荷物はこちらに運びこんであります。他に必要なものがございましたら、なんなりとお申しつけください」

「え……?」

それはどういう意味か、問う前に戸塚は忙しそうに部屋を辞した。呼び止めようか迷ったが、仕事の邪魔をしてはいけないと、菫は口をつぐんだ。

「ここが、私の部屋……」

やはり、子供を産むのを了承したことになっているのだろうか。どうしよう、と戸惑いながらソファから立ち上がり、クローゼットを開いてみた。

「これって、私の服?」

広いウォークインクローゼットの中には、処分する予定の実家にあった私物がしまわれていた。服以外にも、バッグや靴など、菫が以前から愛用していたものが置かれている。開封されていないダンボール箱もあり、丁寧に品目が書いてある。下着類や書類手紙関係など、私的な荷物は開かないでいてくれたようだ。その気遣いに胸が温かくなる。

ハンガーにかかっている見覚えのない服は、先日、白瀬に連れていかれた店のもの。やはりあの時、シフォンワンピース以外にも購入していたようだ。

「こんな高い服を何着も……」

着る機会があるのかわからない、それらの華やかな服を見て、菫は表情を硬くした。

クローゼットをでてよく周りを観察すれば、本棚に並ぶ本も実家にあったものだ。さすがに家具まではなかったが、部屋の隅に置かれた机には見覚えのあるノートパソコンが載っている。その横に、予備で使っている眼鏡があった。普段使っていたものは、崖から飛びこんだ時に失くしてしまっている。それと崖の上に放置した鞄《かばん》が置いてあった。

菫は眼鏡をかけ、鞄を開ける。中で点滅しているスマートフォンをとりだした。

「ヒカリちゃん……どうしよう、心配させてしまったわ」

菫が最後にメールを送信してから、何十件も受信メールが溜《た》まっていた。すべて幼馴染《おさななじ》みのヒカリからだ。机に載っていた充電器で充電しながら、メールを開く。

『どうしたの？　どこにいるの、菫？』

『早まらないで！　私は菫の味方だから、すぐにそっちにいくから、それまで待って！』

『菫、どこ！　死ぬな！』

そんなメールばかりがずっと続いている。最後のほうは取り乱しているのか、言葉遣いが乱暴になっていた。

他にも、めったに電話をしてこないヒカリからの着信履歴もあった。海外を飛び回り、服飾デザイナーの仕事をしている幼馴染みはとても忙しく、時差もあって普段はメールのやり取りしかしていない。SNSのトーク機能も、すぐに返事をできないから負担だというヒカリの希望で、使っていなかった。

そんな彼女と電話で話したのは、もう五年以上も前だったろうか。それぐらい忙しい彼女が、わざわざ電話をしてきた。それも何度も。

申し訳なさに溜め息をつき、菫はメールを打った。

『今まで連絡できなくてごめんなさい。私は無事です。心配かけてしまって、本当にごめんなさい』

送信してすぐに返信がきた。

『良かった無事で……心配してたんだ。仕事片づけて、日本にいこうと思ってたとこだよ』

『ごめんね。もう、大丈夫だから仕事に専念して。ところで、電話で話したいんだけど、大丈夫?』

さすがに今回の件を、メールだけですます気にはなれなかった。会えないまでも、きちんと電話で謝罪したかったし、久しぶりにヒカリの声も聞きたかった。

返信がきたのは、しばらくたってからだった。

『わかった。でも、今はちょっとかけられないから。日本が夕方の六時ぐらいに、こっちから電話する。待ってて』

それに『わかった』と返信し、胸を高鳴らせながら待っていたが、親友との久しぶりの電話は叶《かな》わなかった。

ただ電話を待っているだけでは暇で、体力もそこそこ回復していた菫は、未開封のダンボール箱を開くことにした。ここに居座らないとしても、下着類はだしておかないと困る。今、着用しているのは、戸塚がだしてくれたもので、毎回新品を用意させるのは申し訳ない。

菫はカッターナイフを探して、机の引き出しを漁ってみた。結局、見つけられなかったので、昼に食事をしたテーブルを振り返った。

テーブルには果物の盛り合わせと果物ナイフが置いてある。食後のデザートにと、戸塚が持ってきてくれたのだ。けれど、そこまでの食欲はなく、気が向いたら食べるよう、ナイフも一緒に置かれたままになっていた。

「これでも大丈夫かしら？」

カッターナイフのためだけに、働いている戸塚を呼びだすのもはばかられ、果物ナイフを手にしてウォークインクローゼットに入る。少し手間取りながら、果物ナイフをすべらせてダンボール箱を開いていく。だが、最後の一箱に果物ナイフを立てた時、手元がすべった。

「あ……いたっ！」

すべった果物ナイフが、指を切る。切れ味のいい果物ナイフだったため、小さな傷でも深く切れてしまい、血がパジャマに飛び散りしたたった。

「どうしよう、洗わないと」

このままだと染みになってしまう。菫は血があふれる指を押さえ、ウォークインクローゼットからでた。

「なにをしているっ！」

「え……課長？」

ノックもなしに入ってきた白瀬が、いつもの眉間の皺《しわ》をかなり深くし、険しい顔で立っていた。視線は菫の手と血、それから持ったままだったナイフに注がれている。

大した傷ではないが、出血が多いせいで、手首にまで血が流れてきていた。

「あ、あのこれは……大したことでは……」

「ふざけるな！　落ち着いたんじゃなかったのか！　どうしてまた自殺なんて考えるんだっ！　この馬鹿！」

菫の説明を聞かずに白瀬は怒鳴り散らし、手にしていた鞄を投げ捨て駆け寄ってきた。

「こんなもの、どこで手に入れた！」

そう怒鳴り、菫の手から果物ナイフを叩《たた》き落とす。あまりの迫力と鬼のような形相に、菫は硬直して声もでなかった。

「こんなことを繰り返すなら、やはり私の子供を産んでもらう！」

なぜ、そうなるのか。というか、いつの間に産まなくていいことになっていたのだろう。けれど、白瀬の怒気が恐ろしくて、その問いは言葉にできなかった。

「傷を見せろ！」

震えながら指を差しだすと、乱暴に手首を掴《つか》まれた。

「傷は……指先だけなのか？」

頷《うなず》き返すが、信用できないというように目を細めにらみ返された。

「たしかめてやる」

吐き捨てるように言い、白瀬は血に濡れた菫の手首をぐっと引き寄せた。

「え……ッ！」

手首を走るぬるりとした感触に、体が跳ねた。

白瀬が、手首を舐《な》めている。正確には、手首を汚す血に舌を這《は》わせているのだ。うわずった声を上げた口を手でふさぎ、菫はその様子にじっと魅入る。いつもは苛立っているようにしか見えない白瀬の眉間の皺が、なまめかしく感じた。妙に扇情的な光景に、頬が熱っぽくなってくる。心臓が不規則に脈打ち、息苦しさに眩暈《めまい》がした。

白瀬の舌は、ねっとりと舐め上げるように手首を這い、手のひらへと移動する。くすぐったさに声が漏れそうになるのをこらえる。たまに血をすするような音が聞こえ、それがなんとも言えず恥ずかしい。背筋がぞくぞくするような、甘いむず痒《かゆ》さまで発生し、立っているのがつらいぐらいに膝が震えた。

とうとう指先に白瀬の唇がたどりつく。ぷっくりと血の玉を浮き上がらせる傷口を、舌先が撫でる。血を舐めとり、吸いついて、指先をすっぽりと口に含んだ。生温かい口腔に

包まれ、舌先でちろちろと傷口を舐め回される。

「あう……っ」

菫は眉根を寄せ、唇を嚙《か》んだ。

傷に触れられる痛さとくすぐったさが混じり、甘い痺《しび》れが指先から胸に伝わる。きゅうっと体の奥が切なくなり、わき上がってくるいやらしい衝動に身がすくんだ。血もほとんど止まっているのに、白瀬は手を放してくれない。

「だ、だめ……」

なにがいけないのかわからないが、これ以上はまずい。

「放してっ」

強く腕を引くが、白瀬が手首を摑む力のほうが強かった。

「駄目だ。傷が本当にこれだけなのか調べる。それから、私との子供をつくるんだ」

暗く据わった目に、低い威圧感のある声。拒否を許さないその雰囲気にのまれ、菫は後ずさる。追いかけるように一歩踏みだした白瀬が、射るような眼光で見下ろしてくる。

怒っているのかと思ったが、その鋭い瞳の奥は静かだった。

「そう簡単に死ねると思うな」

まるで悪役の台詞だ。脅しているようだが、言葉の裏は子供を産むまで死なせないという意味で、なんだかおかしい。脅迫というより、強烈なプロポーズを受けたような気持ちになるのはなぜなのだろう。言葉の中に真摯なものを感じてしまうのは、願望だろうか。

困惑に動けないでいると、ふわりと体が浮いた。当たり前のように抱き上げられてベッドへ連れていかれる。そっと仰向けに降ろされた菫は、覆いかぶさってくる白瀬をぼうっと見上げた。

「脱がすぞ。嫌なら言え」

そう言われて、嫌だと言えるような雰囲気ではなかった。けれど不思議と怖さは感じない。

返事をできずにいると、それを了承ととったのか、白瀬の手がパジャマのボタンをはずしていく。そして、言われなくても、自然と体を浮かせて脱がせやすいように協力していた。

白瀬に威圧されてではない。強引で傲慢なのに、彼の菫に触れる手や、一つ一つの動作が優しいせいだ。おかげで抵抗しようという気が起きず、大人しくされるがままになっていた。

気づけばショーツだけの姿にされている。恥ずかしさも緊張もないのは、現実感がないからかもしれない。さっき指を舐められた時の高揚感か、熱の余韻のせいだろうか。胸を揉《も》まれても、頭がぼうっとして夢見心地だった。

白瀬の顔がゆっくりと迫ってくる。

「いいのか？」

唇が触れる寸前、白瀬がぼそりとつぶやいて動きを止める。こちらの出方を待つような間に、菫はちょっと驚いたが、なにも言わずに目を閉じた。戸惑うような気配の後、唇が重なる。

そういえば、初めてのキスだ。

婚約者はいたが、厳格な父の命で、結婚するまで清い関係だった。口づけぐらい、隠れてしてもいいだろうと思っていたが、菫の婚約者――坂本圭介《さかもとけいすけ》は手さえ握ってこなかった。それを不安に思いつつも、「君を大切にしたいんだ」と微笑まれると、言葉の通りに受け止めて黙りこむしかなかった。彼を肉体的に求める自分が、とてもはしたない女に思えて恥ずかしくさえあった。

けれど、圭介から捨てられた今、あれは大切にされていたのではないとわかる。彼は、菫を好きではなかったのだ。性的に魅力を感じてもいなかったのだろう。

手に触れるのさえいとわしいほど、嫌っていたのかもしれない。

白瀬の口づけが、ついばむような優しいものから、貪るような激しいものに変わっていく。舌が、董の閉じた唇をこじ開け侵入してくる。これもキスなのかと驚いているうちに、口腔を舐め回し、菫の舌に絡まってくる。深く入ってきた舌が、根元から絡めるように菫の舌を撫《な》で上げる。

ぞくり、と背筋が震えた。甘い痺れが、喉を通って胸に落ちる。甘いだけではない、切なさが胸に広がり、菫は泣きだしたくなった。

息の仕方がわからなくなるほど情熱的に口づけられ、嬉しかった。たとえ求められているのが体だけで、子供を産んでほしいという考えだったとしても、女性として彼を少しでも楽しませることができるのかと思うと、安心した。

思わずしゃくり上げると、口づけが唐突に終わった。

「……すまない。苦しかったか？」

あせったような白瀬の声に、菫は泣き笑いで首を振る。

「じゃあ、なんで泣く？　嫌だったか……やめよう」

今までの強気な態度が嘘《うそ》のように、白瀬はあっさりと引いた。硬い表情で体を起こし、菫の上からどこうとするのを、シャツを掴んで引き止めた。

「違うんです……あのっ」

目尻からこぼれる涙を拭いながら、勇気をだして聞いた。

「私は女として、課長を満足させられるでしょうか？」

瞬間、白瀬が驚いたように目を丸くし、すぐに険しい顔つきになった。

「君はなにを言っているんだ？」

「ご、ごめんなさい。変なことを……」

「怒っているわけじゃない。どうして、そんな自分を卑下する言い方をするんだ？」

憤慨したふうな白瀬を不思議に思いながら、菫は羞恥心に目を伏せて言った。

「私、初めてなんです。キスも……」

「えっ？　初めてって……キスもだと？」

珍しいこともあるものだ。白瀬の声がうわずり、動揺しているようだった。

「だが、婚約者がいただろう？」

「はい、でも彼とはなにもなかったんです。ずっと……なにもしてもらえませんでした」

思いだして胸が苦しくなる。堪えきれずに、また涙がこぼれた。

「圭介さん……婚約者には、ずっと別に好きな人がいたんです。私が彼を好きになったばっかりに、彼の人生をめちゃくちゃにしてしまいました」

「どういうことだ？」

菫は鼻をすりながら、話し始めた。

　圭介との出会いは、高校で生徒会役員の書記をしていた時だ。菫の学校は女子校だったが、近隣の男子校と文化祭などの行事で交流があった。圭介は男子校の副生徒会長で、生徒会役員同士の会議などで何度も会ううち、引っ込み思案な菫を気にかけてくれる彼を好きになった。

　想いはずっと秘めたままだったが、女子大学生になってからも細々と連絡は続いていた。二人きりで会うこともあり、想いをあきらめきれずにいた菫は、親友ヒカリの後押しもあり、とうとう告白した。少し待ってほしいという返事だったが、後日、彼から「同じ気持ちだよ」と告げられ、舞い上がるほど嬉しかったのを今でもおぼえている。

「でも、彼のその言葉はすべて父のせいだったんです」

　なにも知らなかった世間知らずな自分が滑稽で、亡き父に対する怒りにも似た悔しさに唇が震えた。

「彼の父親が重役として勤める会社は、私の父の子会社だったんです。それは知っていたのに、私、ずっとなにも気づかないで……」

「要するに、君の父親の圧力で二人は付き合うようになり、婚約までした。君はそれを、父親が亡くなるまで知らなかったということか？」

　あふれる涙のせいで話せなくなった菫の代わりに、白瀬が話を継ぐ。それに頷くと、溜め息が降ってきた。

「そうか……それは、つらかったな」

白瀬はそれ以上なにか聞くことはなく、菫の頭をなだめるように撫で、涙を流す目尻に何度も口づけながら横臥《おうが》した。そのまま泣きじゃくる菫を抱き寄せ、ショーツだけの体を毛布で包みこむ。菫が落ち着くまで、キスや髪を撫でるのを続けてくれた。

その意外なほどの優しさに、溺れてしまいそうだった。

男性の胸が、こんなに心地良くて頼もしいものだと知らなかった。思えば、圭介に頭を撫でられたことさえない。彼はいつも優しかったが、与えてくれたのは言葉だけだった。けれどそれも仕方ない。菫に告白された当時、彼には付き合っている女性がいて、無理やり別れさせられたのだ。その後、二人は菫に隠れてよりを戻し、圭介の海外赴任先で同《どう》棲《せい》していたらしい。帰国した彼に父の葬儀で婚約を破棄されるまで、そんな重大な事実も知らなかった。

やっと涙が止まった菫は、白瀬の胸をそっと押して体を離す。この胸に溺れてはいけない。

「……あ、ありがとうございました」

腰に回っていた手はすんなり離れていったのに、頭を撫でる大きな手はそのままで、菫は戸惑いに視線をさ迷わせる。温かいその手は気持ちが良く、自分から払いのけられずにいると、頭から頬へと移動してきた。

頬を包みこむように撫でられ、「もう、大丈夫か？」と深みのある低い声で聞かれる。その声を聞いていると、心が不思議と落ち着いてくる。

ちらりと盗み見た白瀬は、いつもの仏頂面ではあったが、雰囲気は穏やかで、目の奥の感情は凪《な》いでいた。

この人は、感情があまり顔にでないタイプなのかもしれない。それで誤解されることが多いのだろうが、根はとても優しい人なのではないか。そう思うと、白瀬に変な誤解はさせておけなかった。

「はい……大丈夫です。あの、ごめんなさい。泣いたのは、課長にされたことが嫌だからではありません」

「初めての行為だったからだろう。こんなかたちで最初を迎えるのは、いいことじゃない……いや、別に君が初めてじゃないと思ったから、事におよんだわけではないのだが」

「それは、わかっています。ただ、そういうのでもなくて……」

あせったようにつけ加えた白瀬に苦笑を返し、菫はあふれそうになる涙を飲みこんで、気持ちを落ち着けるように息を吐いた。

「婚約を破棄されて、彼にずっと付き合っている恋人がいるのを知って、女としての自信がなくなってしまったんです」

もともと自分に自信はなかった。けれど、告白して圭介と恋人になり婚約までし、女性として大切にされているのだと思えた。菫にとってそれは、女としての自信に繋《つな》がっていた。愛されているのだと思うことで、なにをしてもぱっとしない自分を肯定してあげられた。

「ずっと愛している彼女がいるんだから、私に手をださないのは当然のことなんですけどね……きっと彼女をとても大切にしていたんだと思うんです。真面目な人だから、体を求めなかったのは、私に対する誠意でもあったんだろうと……」

菫の面白くもない独白を、白瀬は黙って聞いてくれる。頬を包む手は後ろに流れ、菫の顔にかかった髪をかき上げて撫でていた。

その優しい指に、好きなだけ吐きだしていいんだと言われているような気がした。

「だから、なにもしてもらえなかったことで、自信をなくすのもおかしいってわかっているんです」

わかっていても、どうにもできない感情だった。

「好きになってもらえないだけでなく、私は女としても魅力がなかったんだなって。せめて体を求めてくれれば良かったのにって……思ってしまったんです」

もし抱いてくれていたら、それはそれで傷ついただろう。ただ、女として手をだしたくなるぐらいには魅力があったと思える。

「浅ましくて、汚らしい感情なんですが……もし抱いてくれていたら、その間だけ彼は私のものだったのにって。彼女から奪える時間さえもらえなかったのかって思ったら、悲しくて……」

圭介に恋人の存在を知らされた時にわいてきた感情だ。自分の中にこんなどす黒いものがあったことに驚いた。同時に、自分の想いの深さに押しつぶされてしまった。

「こんなに彼を好きなのに、報われないならもうどうでもいい。それに、私のせいで愛する人をずっと苦しめていたのがショックで……彼の恋人にまで迷惑をかけていたと思うと、生きているのがつらくなってしまったんです」

他にも死ぬ理由は、父親の死、借金、住む家もないというのがあったが、引き金になったのは圭介の件だ。彼に頼ろうと甘えていたせいで、突き放されて自暴自棄になってしまった。

「そんな私を、課長は抱こうとしてくれました。そこに恋愛感情はなくても、求められて嬉しかったんです。もう、誰も私を必要としてくれないと思っていたのに、必要とされているんだと思ったら泣いてしまいました」

そう言って微笑み、菫は涙を拭って視線を上げた。

「課長……私、課長の子供を産んでもいいですよ」

白瀬が目を丸くしている。そのせいか、眉間の皺が消えて、とても若く見えた。二十四歳の菫よりだいぶ年上だと思うが、同い年ぐらいに感じる。

なにより、眉間の縦皺がないと、思った通りのとても秀麗な顔立ちで、つい見惚《みと》れてしまう。

「な、なにを言っているのかわかっているのか？」

「はい、もちろんです。課長みたいな人が冗談で、突然ああいうことを言いだすとは思えません。理由は聞きませんが、なにか切羽つまったご事情があるのでしょう？」

菫には計り知れないことだが、これだけの邸宅を構える家柄だ。跡継ぎや結婚問題など、なにかしらあるのだろう。

「きっと、そうやって求められることが、今の私には生きる支えになると思うんです」

妊娠し出産し、その後、子供をどうするかなど今は考えがおよばない。ただ、誰かに求められているという安心がほしかった。でないと、一人になったらまた死のうとするだろう。まだそれぐらい不安定だった。

「課長……駄目でしょうか？」

すがるように白瀬を見つめ、髪を撫でる大きな手に手を重ねた。

ここで拒否されたら、自分はどうなってしまうのだろう。想像もできなかった。

拒否されるのが怖くて、目を伏せて答えを待っていると、やや硬い声が返ってきた。なぜか悲し気に聞こえた。

「君がそこまで言うなら……本当に、いいんだな？」

「はい。お願いですから、ここで突き放したりしないでください」

今は、常識や優しさなんてほしくなかった。それより、誰かに強く必要とされたい。

さっきの白瀬のキスは、菫のその欲求を満たしてくれた。

目を閉じ、おずおずと顎《あご》を持ち上げる。以前にも、こうやって圭介にキスをねだったことがあった。さらりとかわされ、傷つきながらも彼の「大切にしたい」という言葉に納得するしかなかった。

また、同じように拒否されたら……閉じた唇が震える。怖気づいて顎を引こうとした時、ぐっと肩を抱き寄せられた。

ぶつかるように唇が重なる。少しあせったような、荒々しい口づけだった。

顎を摑まれ、舌で唇をこじ開けられる。侵入してきた舌が、さっきのように菫の舌に絡まり口腔《こうくう》を愛撫《あいぶ》する。横臥していた白瀬は、口づけを交わしながら体を起こし、仰向けにした菫に覆いかぶさった。口づけがより深くなり、忙しなく舌が口の中を出入りし、たまにかすめるように唇を舐める。

濡れた唇は、繰り返される口づけにこすれ、敏感になっていく。たまに甘嚙みされると、背筋に電流が走り、菫は震えた。

余裕のない、性急なキスに体が火照ってくる。求められていると感じて、淫らな熱が腹の奥に溜まっていく。

気づくと体を覆っていた毛布は引きはがされていて、乳房の形を確認するように、白瀬の手がすべっていった。産毛を撫でるような触れ方に、びくっと体がのけ反る。はずれた唇から、吐息と嬌声《きょうせい》がこぼれた。

自分のものとは思えない、鼻にかかった甘ったるい声に、頬がかっと熱くなる。すぐにまた唇が重なり、二人の間で声も息も混じり合う。濡れた卑猥《ひわい》な音だけが、静かな部屋に響く。

肌をくすぐるように撫でていた手は、乳房を揉みしだき、先端で硬くなっていた乳首を指先で転がす。

むず痒いような刺激に、菫は肩をすくめ眉根を寄せる。何度もこすられるうちに、くすぐったさはじれったい疼《うず》きに変わり、脚の間がじわりと湿ってくる。腹の奥で渦巻いていた淫らな熱が、とろりととろけショーツを濡らした。

「はぁ……いやぁ……んっ」

唇がはずれ、甘い声が漏れる。嫌ではないのに、思わず逃げるように身をよじる。

白瀬はそんな菫の体を優しく押さえつけ、首筋に吸いついた。ねっとりと舐め上げられた後、ちりっとつねられるような痛みが走る。鎖骨や胸元あたりにも同じようにされ、見下ろすと、打撲の痣の間に赤い痕が花びらのように散っていた。

「え、なに……これ？」

菫の呆《ほう》けたつぶやきに、はっとしたように白瀬が顔を上げた。

「すまない。つい、夢中になってしまった。痕をつける気はなかったんだ」

「痕……？」

「キスマークだ」

これがキスマークなのかと、菫はまじまじと自分の肌を見つめる。こういうことに疎い菫でも、知識としてはあった。

「痣みたいなもので、しばらくすれば消えるから大丈夫だ」

白瀬はそう言いながら、再び菫の肌に口づける。舌を這わせ、寄せるように揉みしだいた乳房の上の膨らみを甘噛みし、赤く充血した乳首を口に含んだ。

「ひゃぁッ……ンッ、あぁ、だめっ」

電流のように走った甘い痺れに、菫はびくんと腰を浮かせる。そこに白瀬の腕が入りこみ、反った腰を撫でるように抱えて逃げられないようにされる。胸をつきだすかたちになった菫の乳首を、白瀬は口中で飴玉《あめだま》みたいに舐めしゃぶる。

残ったもう片方の乳首は指で弄ばれた。

「うんっ、あぁ……そんなに、しないでっ」

知らなかった淫猥《いんわい》な刺激に、菫は身をよじり髪を乱れさせる。ざらざらとした舌先で、敏感になった乳首を嬲《なぶ》られると、そこから淫らな痺れが全身に散っていく。こすり合わせた内腿《うちもも》にしっとりと汗をかき、閉じられた奥が蜜で濡れてくる。

ショーツが恥部に張りつく感覚が恥ずかしい。もっと恥ずかしいのは、薄い布で受け止めきれなかった蜜があふれ、後ろまでしたたっていくことだった。きっとシーツも濡れてしまっているだろう。

はしたないと思うのに、感じるのを止められない。いやいやと首を振り、白瀬の肩を押しつつも、すがるようにそのシャツを摑んでいた。

こんな痴態は見せたくないと思うのに、もっと舐めて、噛んで、感じさせてと体は求めている。指でいじられるだけの乳首も舐めてほしくなる。

「やぁ、そっちばっか……あぁっ」

じれったさに、言うつもりのなかった本音が漏れてしまう。白瀬が喉の奥で笑うのが聞こえ、菫はとたんに頬が熱くなった。

「あ、ちが……今のは……っ！」

「違わないだろう」

白瀬が乳首を口に含んだまましゃべる。吹きかかる息と舌使いに菫は悶《もだ》え、シーツを爪で引っかいた。

「では、ご要望に応えるとしようか」

もったいぶった言い方をしながら、白瀬は指でいじっていた乳首をくわえる。しゃぶるように舌でひと舐めされると、待ちわびていた強い刺激に体が跳ね、菫は高い嬌声を上げた。

散々弄ばれ、唾液で濡れた乳首も指で嬲られる。敏感になっていたそこは、指先でつつかれるだけでも感じて、疼痛のような快感をうんだ。

ぴちゃぴちゃという、濡れた音が耳に響く。それも刺激になって、菫はどんどん乱れていった。

乳首を嬲《なぶ》っていた舌と唇は、乳房や腹、臍《へそ》を舐め、赤い痕を散らしながら下へと移動してく。手も、菫の全身を流れるように愛撫しながら、脚の間へと到達した。

濡れたショーツをするりと脱がされ、蜜で濡れそぼったそこがあらわにされる。恥ずかしさに脚を閉じようとしたが、股の間にすべりこんできた手に内側を撫で上げられると、甘い痺れが走って膝から力が抜ける。緩んだところを、膝に手をかけられ割り開かれた。

「あ……やっ、恥ずかしい」

膝を左右に大きく開かれ、その間に白瀬の体が入ってくる。濡れた恥部に注がれる視線に、菫は両腕で顔を覆って身を硬くした。

こんな姿、誰にもさらしたことがない。それも体の一番汚い部分を、恋人でもない相手に見せるなんて、想像したこともなかった。

どう思われているのだろう。きっと白瀬は、菫と違ってそれなりに経験もあるだろう。そんな彼に、初めてのこの体はどう映るのだろう。

けっしてスタイルがいいほうでもない。太ってはいないが、胸の大きさも並で、異性を興奮させる魅力はないと思う。顔も平凡で地味だ。しかも今は、打撲のせいで肌には赤黒い痣がたくさんある。

お世辞にも綺麗《きれい》とは言えない。勢いで抱いてほしいと要求してしまったが、こんな体を

愛してもらえるのだろうか。改めて見て、冷めてしまったりしないだろうか。

今さらな心配していると、白瀬が溜め息を漏らすように言った。

「綺麗だよ」

艶を含んだ色っぽい声に、菫の胸がかっと熱くなった。どきどきと心臓が早鐘を打つ。社交辞令みたいなものかもしれない。こういう場面では、そう言うのが当然なのかもしれない。それでも嬉しくて、安堵《あんど》した。

涙がこぼれそうになっていると、白瀬が動く気配がして、蜜で濡れた襞《ひだ》に指が触れる。乳首をいじられるのとはまた違う快感が、菫を襲う。

指が、蜜を塗りこむように襞をかき乱し、中心でぷっくりと膨らんだ肉芽をつまむ。軽くつねられただけなのに、菫は甲高い声を上げて腰をひねった。

思ってもいなかった強い刺激に、とっさに逃げようとしたが脚を押さえられてできない。その上、親指で強く肉芽を押しつぶされると、息もできなくなるような痺れが背筋を駆け上がり、全身の力が抜けていく。気持ち良すぎて、頭がくらくらし、視界が揺れる。

「あぁ……そんなぁ、だめぇ……ッ」

口から、意味もない言葉と嬌声ばかりが漏れる。喘《あえ》ぐほど、下の口からも蜜があふれ、くちゅくちゅという卑猥な音がする。

はぁはあと甘く息を乱し、目に涙を溜めていると、白瀬が体を屈めた。

「え……？　ひっ、やあぁいやあぁッ！」

恥部に顔を埋めた白瀬が、指で嬲られ蜜に濡れた襞に舌を這わした。

体をがくがくと揺さぶられるような、甘い衝撃が体を貫く。指では味わえないような快楽に、膝の震えが止まらない。

舌は襞だけでなく肉芽も舐め、そしてしゃぶりついた。

「ひゃあぁ、やあぁ！　そんな、汚いからだめぇぇ……ッ」

叫ぶような、おかしな嬌声が漏れてしまうがどうにもできない。それにこんな場所を舐めるなんて、衛生的に問題がある。そう思うのに、舐められしゃぶられ吸われると、もうなにもかもどうでもよくなってくる。気持ちが良すぎて、もっととねだるように腰を揺らしてしまう。

尖《とが》った肉芽を、舌が転がし、押しつぶす。歯で甘噛みされたり、引っ張られたり、不意打ちに優しくキスを落とされる。優しく甘く、そして少し乱暴に愛撫され、執拗《しつよう》に可愛がられる。

快楽の渦に、引きこまれ溺れていく。頭が、愛撫されることしか考えられなくなり、ただただ意味もなく声を上げ続ける。

「あっ、あぁぁっ……やぁ、なんかくる」

まともになにも考えられなくなった頃、蜜をあふれさせる入り口が震え、腹の奥からくすぶっていた熱が押し寄せてくる。抗うすべを知らない菫は、その快感の波にのみこまれ、四肢を震わせた。

「んっ……あぁぁ、あ……ぁいやぁッ！」

高いところに昇っていくような感覚がして、目の前が真っ白になる。そのすぐ後に失墜し、力の抜けた手足を、シーツの上にぱたりと投げだした。指先まで震えている。

「いったのか……」

白瀬のつぶやきに、遠くにいきかけていた意識が戻ってくる。初めてだったが、これが達するということなのかと理解した。

弛緩《しかん》した蜜口から、蜜がとろとろとあふれでるのを感じていると、そこに指が押し当てられた。

「ふぇ……？　なにを……ひっ！」

太い指が、ぬるりと中に入ってきた。思わず腰を引くが、力の入らない体はわずかに後退しただけだった。

「あぁぁ、いやぁ……待って、なんで？」

侵入してくる指が蜜口をこする感覚に、声が震える。

「痛くはないだろう」

「そう、ですけど……ッ」

聞きたいのは、そういうことではない。目で問うと、白瀬の笑みと一緒に答えが返ってきた。

「ここを広げないと、入れられない。だから、もっとほぐさないといけない」

「入れる……？」

なにを、と問いかけて菫は硬直した。いくら疎くても、そこになにを入れられるかぐらいは知っている。知っているけれど、男性のそれがどういうものなのか、見たこともない菫はすくみ上がった。

「どうする？　ここでなら、まだ引き返せるぞ」

最後通告だというように問いかけてくる。人に子供を産めと言うわりに、白瀬は紳士的だ。嫌だと言えば、やめてくれそうな雰囲気もある。

だが、そういう優しさは今はほしくない。いっそ、めちゃくちゃにして奪ってもらいたい。

未知の行為に恐怖はあったが、菫は首を横に振った。

「いいえ、やめないでください。お願いします」

「……わかった」

見上げた白瀬の笑みが、どこか悲し気だった。その疑問は、中に沈んだ指が動きだすことで霧散した。

円を描くように内壁をかき回し、指が抜け、入ってくる。なんとも言えない違和感と、わいてくる疼きに背筋が甘く粟立《あわだ》つ。繰り返し抜き差しされているうちに、違和感が快感になっていく。肉芽を攻められるのとは違う、中からじりじりと広がっていく淫らな痺れだ。

指が二本、三本と増えていき、蜜口が押し広げられる。きついと感じたのは少しの間だけで、あふれてきた蜜が潤滑剤になり、緩んだ入り口は痙攣《けいれん》して、深く指を飲みこもうとする。

「あんっ、あぁぁ……いいっ」

三本の指で蜜口がこすられ、よがる。強い刺激ではないが、ゆっくりと上りつめていく。その感覚がもどかしいのに、たまらなく気持ち良くて、陶然としてくる。達した時のような快楽の波が、ゆっくりと迫ってくるのがわかった。

肌は火照り、どこに触れられても感じてしまうほど敏感になっている。中を犯されながら、肌を手や唇で愛撫されると眩暈がした。

けれど、指だけでは物足りない。これだけでは、達することはできない。

菫はじれて、つま先でシーツをかき乱す。身をよじり、物欲しげな目で白瀬を見る。執拗に愛撫を続ける彼と、視線が合わない。

「か、課長……ぉ」

喘ぎ混じりの声で呼ぶと、白瀬がやっと顔を上げる。

だが、いざ目が合うと、なにを言えばいいかわからない。指以上のものを求めている自分が、急に恥ずかしくなって視線をさ迷わせ、口をぱくぱくさせた。

「ああ……そろそろ、つらいか？」

白瀬がふっと、艶やかに笑う。眉間の皺がない秀麗な顔で微笑まれると、心臓に悪い。どくんっ、と菫の心臓が跳ね、指を飲みこんだ蜜口が反応する。

「これぐらいほぐせば、もう大丈夫だろう」

確認するように、白瀬が指で蜜口を広げる。中から蜜がとろりとあふれた。

「はぁっ、あぁ……課長、お願い……」

我慢できなくなってそう言うと、白瀬の目が細められ、一瞬、鋭くなる。性的なその視線に、ぞくっとした。

指が抜けていくのに体が震えた。こすられた蜜口が痙攣し、そこに硬い切っ先を押しつけられる。緊張で身がすくむ。先端が、蜜口を押し広げるように、ゆっくりと入ってきた。

「……あっ、ンッ……だ、だめ」

指とは比べ物にならない質量に、蜜口が引き裂かれるような痛みを感じた。

「きつい……いた、い……です」

最後までしてほしいと思っているのに、泣き言がこぼれ、体は逃げようとする。そんな菫の腰を、白瀬は逃げないように押さえつけた。

「大丈夫。ゆっくりするから……体の力を抜きなさい」

白瀬は動きを止め、体をがちがちに緊張させている菫の肩を優しく叩く。それで、ふっと肩の力が抜けた菫に言った。

「深呼吸、できるか?」

「は……はい」

白瀬に言われるまま、菫は深く息を吸って吐いた。それを何度か繰り返すと、蜜口の痛みが和らいだような気がした。

菫の目尻に溜まった涙を拭いながら、白瀬は言った。

「じゃあ、少し体勢を変えてみよう」

「……きゃっ、や、やだ！　こんな……ッ！」

膝裏に手が入ったかと思うと、ぐっと持ち上げられ、胸につくぐらい脚を曲げられる。そして浮き上がった腰の下に、丸めた毛布が押しこめられた。

繋がった場所をさらけだす間抜けな体勢だ。羞恥で逃げだしたかったが、しっかりと押さえつけられ腰を動かすこともできない。

「いや、これ……やめて、ください」

蚊の鳴くような声で懇願するが、白瀬は笑顔で首を振った。

「駄目だ。もうやめられない。それに、これで少しは楽になるはずだ」

そう言うと、白瀬が腰をぐっと進めてきた。痛い、と思ったがそれも一瞬だった。

「あぁぁっ、あっ……ッ！」

白瀬のものが、一気に入ってくる。蜜口や内壁をこすり、疼痛の混じった甘い疼きと一緒に最奥に到達した。

「全部、入ったぞ」

一息ついた白瀬の言葉を、ぼうっとしながら聞く。まだ入れられただけなのに、すごく感じていた。

繋がった部分がじんじんと甘く痺れ、こすられた内壁は男の欲望を締めつけている。まるで奥に誘うような浅ましさだった。

「痛くないか？」

「……はい」

そう返事をするのがやっとだった。入れられた余韻で、頭に霧がかかっている。少しの振動だけでも、中に埋められた雄の欲望を感じて、体が震えた。

「動くぞ」

菫が身動きもできずにいると、白瀬が動きだした。

「ひゃぁ、んっ……！　あぁ、いやあぁッ！」

軽く抜き差しされただけなのに、激しく体を揺さぶられるような快感だった。

内壁が痙攣し、抜けていこうとする熱塊に絡みつく。そのせいで中も入り口もより強くこすられて、菫は強い快感にむせび泣いた。

引いていた、快感の波が戻ってくる。覚悟もないままのみこまれ、押し上げられて、二度目の絶頂を迎えた。

ひときわ大きい嬌声を上げて果てた菫が落ち着くのも待たずに、白瀬は動き続ける。達したせいで過敏になった中が、激しく痙攣を繰り返し、頭がくらくらした。

上から叩きつけるように深く中をえぐられ、ぎりぎりまで引き抜かれる。そしてすぼまった蜜口を無理やり開くように、また突き入れる、を繰り返された。何度も、緩急をつけながら、中を犯される。

そのうち白瀬の動きが速く、激しくなる。菫の腰を掴む力も強くなり、がくがくと乱暴に揺さぶられる。白瀬の息遣いも荒々しかった。

経験のない菫は、ただ翻弄されるだけだった。気持ち良すぎて苦しくて、頭がおかしくなってしまいそうな気がした。

声はもう意味のある言葉を紡げず、嬌声を上げるだけになった。声帯まで、快楽に犯されたように、喉が甘く震える。

甘い責め苦がつらくもあったが、激しく求められるのは嬉しかった。愛し合った上での行為ではないのに、安心できた。それに、快楽に溺れるほど嫌な現実を忘れられた。

「あんっ、あぁ……いいっ、そこ」

羞恥心はなくなり、無意識にねだるようになっていた。白瀬もそれに応えてくれる。

菫がよがる場所を、執拗に突き上げえぐる。そして、一気に中に突き入れて、満たしてくれる。

「菫……」

行為の合間に、ふと名前を呼ばれて驚く。苗字もめったに呼ばれたことがないのにと、快楽に侵された頭で思う。

「かちょう?」

「光一でいい。こういう時に、役職で呼ばれるのは好きじゃない」

そういうことかと納得はしたものの、すぐに白瀬の名前を呼べなかった。それより、嬌声が漏れてしまう。

白瀬が体を屈め、菫を抱きしめてより深く挿入してくる。抽送が小刻みに、速くなる。菫は彼の体にすがるように、背中に手を回した。

いつの間にかシャツを脱いだ白瀬の肌と、肌が重なる。少し汗で湿った肌と体温が心地良い。離れていた時より、密着されるほうが深い場所で男の欲望を受け止められ、快感がより強くなったように感じた。

そして、襲ってきた大きな快感に、背中に爪を立てた。

「あああっ、もう……もっ、くる……ッ!」

びくんっ、と背中が反る。甘い熱が繋がった場所で弾ける。蜜口が激しく痙攣して、男の欲望をきつく締め上げた。

「か、ちょ……あぁ、光一、さんっ」

とっさに白瀬の名前を呼んでいた。応えるように、強くかき抱かれ、耳元で「菫」と呻《うめ》くような声で名前を呼ばれた。

その後に、中で白瀬の欲望が果てる。注がれる熱を、すべて飲みこもうとでもするように内壁が切なく震えた。

菫は甘い余韻で弛緩した手足をシーツの上に落とし、ゆっくりと意識を手放していった。

act.3

慶弔休暇も含めて、二週間近く会社を休んでしまった。こんなことは初めてだったが、打撲の痣が薄くなり、体調が完全に整うまでにそれだけ時間が必要だった。

それと、白瀬に初めて抱かれた時にできたキスマークが消えるのにも時間がかかった。

地下鉄のドア近くに立っていた菫は顔を上げ、真っ暗なガラスに映っている自分の首筋を見つめた。ブラウスからのぞく部分に、白瀬がつけた痕はない。ガラスが真っ暗だから見えないだけかもと思ったが、そっと引き下げたブラウスの襟の下には、小さな痕があった。

昨夜、つけられたものだ。ふと、視線を上げると、ガラス越しに白瀬と目が合う。彼は、菫とは反対側のドアに背中を預けて立っていた。慌てて目をそらし、ブラウスの襟をもとに戻す。

どくん、と跳ねた心臓が、早鐘を打っている。菫は熱くなる頬を隠すようにうつむき、スマートフォンをとりだした。

三日前に受信した、親友のヒカリからのメールを開く。

『お父さんのこととか、大変だったね。傍にいられないのが悔しい。
サイテーな婚約者のことは早く忘れよう。愚痴ならいくらでも聞くよ。
それで落ち着いたら、新しい恋をしよう！
ところで、今はどこに住んでるの？
まだいろいろ大変だろうから、落ち着いてからでいいから住所教えてね。
菫の幸せを心より願ってます』

彼女とのメールのやり取りは、学生時代は頻繁で毎日のように連絡をしていた時期もある。今は緩やかなもので、一週間や二週間は平気で間が空く。ヒカリの仕事が忙しいせいもあるが、以前ほど話題がないせいもある。

最近は菫に不幸があったり自殺未遂をしたせいで、連絡が密になっていた。それもここ数日で落ち着いてきた。

『心配してくれてありがとう。圭介さんのことは、私も悪かったから仕方ないの……ヒカリちゃんが私の代わりに怒ってくれるおかげかな？　思ったより長く悲しまないですんでるみたい。恋愛は、しばらくいいかな。今は新しい生活に慣れるのに大変。住まいは、行き先が見つかるまで知り合いの家でお世話になってるんだ。新居が決まったら、また連絡するね』

返信メールを書き終え、間違いがないか読み返す。

知り合いの家というのは、白瀬の邸のことだ。特に話し合いもなにもなく、なし崩し的に居候している。おかげで、同じ電車で出勤することになった。時間や車両をずらしたかったが、「また変な気を起こされると困る」と白瀬に却下された。同じ車両に乗っていても、お互い知らない振りをするというのが妥協点だった。

白瀬の邸にはいつまで住んでいていいのかわからない。ただ、妊娠し出産したらでていかないといけないだろう。

父の死や借金、結婚が破談になったショックをまだ引きずっているせいか、将来をきちんと考えられない。ふとした拍子に、「他に好きな人がいる。ずっと愛していた女性だ」と圭介に告げられた時のことを思いだす。彼と、その恋人が幸せそうにしている姿を想像し、落ちこんでしまう。私はなにもかもなくしてしまったのにと、どろどろとした感情がわいてきて、無性に苦しくなることが何度もあった。

それでも持ちこたえていられるのは、白瀬が抱いてくれるからだろう。快楽に溺れている間は、忘れていられる。

彼との関係を、なんと言えばいいのだろう。セフレだろうか。ただ、子供を産む約束のセフレなんて聞いたことがない。なんと言い表せばいいのか、わからなかった。

ヒカリに聞いたら、怒られるかもしれない。弄《もてあそ》ばれている、傷心につけこまれている。だから、今すぐに別れなさいと諭され、心配されるだろう。

やっぱりメールに白瀬の件は書けない。相談してみたい気もするが、秘密にしておこう。ヒカリにこんな重大な件を言わないでいるのは初めてかもしれない。

遠く離れていて、昔からそんなに会う機会もないのに、彼女にはなんでも話せた。メールという手段も菫に合っている。自分の言いたいことを、何度も反芻《はんすう》してから相手に伝えられるからだ。

子供の頃から人見知りで、対面だとうまく話せなくなってしまう性分だった。そんな自分の話を、きちんと聞こうとしてくれたのはヒカリだけだ。菫のペースに合わせてくれる彼女の前だと、すんなりといろいろなことが話せた。

そういえば、不思議と白瀬相手だと普通に話せている。男性は苦手で、事務的なこと以外の会話なんて、圭介としかできなかったのに。その圭介とも、思い返してみると打ちとけた会話というのはしてこなかった。話題を提供してくれるのはいつも彼で、菫はなんにでも頷《うなず》いていただけだ。会話上手な彼に頼っていた。

白瀬はどちらかというと無口で、的確ではあるが端的にしかしゃべらない。素っ気なくて、あまり会話をしようという感じがない。けれど、菫の話を静かに聞いてくれる。よけいな口出しもせず、言葉をつっかえる菫に苛立った様子も見せない。批判するようなこともないので、自分の思いを怖がらずに話せた。

上司でもあるから、事務的な気分で話ができているのかもしれない。

「でも、ちょっとヒカリちゃんに似てなくもないかな……」

ヒカリのメールは、絵文字や顔文字が可愛らしく並んでいる。賑《にぎ》やかなメールの雰囲気は、彼女の生活の華やかさを表しているような気がする。

だが、実際に会うとヒカリは、派手さはなく、落ち着きがあった。と言っても、最後に会ったのは高校生の頃だ。

絵文字などをうまく扱えない菫は、申し訳程度に、最後に笑顔の顔文字を添えてメールを送信する。ちょうど、会社の最寄り駅に到着した。

地下鉄の駅から直結で入れる高層ビルに、勤めているIT企業のオフィスはある。ウェブコンサルティング会社で、菫はマーケティング部で一般事務の仕事をしている。

オフィスのある階でエレベーターを降り、ICチップの入った社員証を、承認端末にかざす。ピッという解錠の電子音がして、目の前のガラス扉が自動で左右に開く。扉をくぐると、久しぶりに顔を合わせる同僚に、体調を心配された。曖昧に微笑み、大丈夫だと適当に返答して自分の席に着く。

机の上には、休んでいる間に溜《た》まった書類が積んである。メモを見ると、どれも急ぎではない案件でほっとするが、今日は残業になるだろう。

しばらくすると、白瀬もオフィスに入ってきた。こちらを見向きもしないで、彼は颯爽《さっそう》と自分の席に向かう。

「野々宮さん、おはようございます。もうお体のほうは大丈夫ですか？」

声をかけてきたのは、一つ下の後輩、牧原美紀《まきはらみき》だった。菫と同じ、一般事務の女子社員だ。

「長々と休んでしまって、すみませんでした。いない間、牧原さんが私の仕事をしてくださったそうで、ありがとうございます」

頭を下げると、牧原は慌てたように両手を胸の前で振り、「やめてください」と言った。

「当然のことをしたまでですから。野々宮さんにはいつもお世話になってるし、よく残業になりそうな時、助けてもらってるのは私のほうです。だからこれは恩返しみたいなものですよ」

気にしないでくださいと続けて、牧原は屈託なく微笑む。

レモンイエローのアンサンブルの上で、茶色の巻き毛が弾んでいる。下はオフホワイトのフレアスカートだ。可愛らしい雰囲気の彼女によく似合っている。先月、自分へのご褒美に買ったと言っていたネックレスも、控え目だけれどきらきらと胸元で輝いていた。

若々しくて、見ているだけで目を楽しませてくれる。それに比べて、一つ年上なだけの自分はどうだろう。

白い丸襟のブラウスに灰色のカーディガン、黒いタイトスカート。髪もひっつめて後ろで縛り、アクセサリーはない。黒縁の眼鏡は、白瀬の邸に運びこまれた荷物の中にあった、自宅で使う予備用で、とても野暮ったい。

ああ、こんなだから圭介に振られたのだろうと、牧原のまぶしさに目を細めながら思った。

「あ、ところで野々宮さん。来月の第三金曜日なんですけど、部署内での飲み会があるんです。野々宮さんもどうですか？　まだひと月以上先の予定ですが、出欠をとってるんです」

気さくで人当たりのいい牧原は、飲み会の幹事をよく引き受けている。いつも断る菫を、毎回律儀に誘ってくれる。

「飲み会ね……私は……」

いつものように断ろうとして、言葉を止めた。

もう、菫に厳しい父はいない。恥を忍んで、門限があるからと断る必要はないのだ。

菫の父は、娘の行動に細かく口をだす人間だった。子供の頃から服装や髪型、言動にうるさく、地味に慎ましくあるよう強要されてきた。社会人になってからも門限があり、飲み会なんて危険なものには参加するなと、口を酸っぱくして言われ続けていたのだ。

それが父親の愛情や心配からくるのはわかっていたが、ずっと鬱陶しく窮屈だった。そして自分は、それに逆らえなかった。

唯一逆らったのは、就職のことだけだ。過保護で過干渉な父は、結婚するまで家で花嫁修業をしていればいい。外で就職して、変な虫でもついたら困ると言っていた。その考えをどうにかひるがえせたのは、ヒカリのアドバイスがあったからだ。

海外赴任中の圭介が帰ってくるまでの間と期間を限定して、父に就職させてほしいと頼んだ。ただ家にいるだけでは、将来、会社員の圭介の悩みをなにもわからない妻になってしまう。彼を一生支えていくために、花嫁修業の一環として、一度だけ社会にでてみたいと頼みこんだ。それはすべて、ヒカリの考えた筋書きだった。

頑固な父は一カ月ほど悩んでいたようだが、最後には菫の就職を許してくれた。その代わり、就職先の条件はいろいろと厳しく口出ししてきた。菫が、父の経営する会社では、甘やかされて勉強にならないので、関係のない企業がいいと言ったせいもある。

その厳しい条件をクリアし、父のお眼鏡にかなったのが今のこの会社だ。実家の最寄り駅から二駅で通勤できるというのが、父が一番気に入った理由でもあった。

無事に内定をもらえた時は、少しだけれど父から自立できた解放感に、小躍りしたいほど嬉《うれ》しかった。

「えっと……返事はすぐじゃなくて大丈夫ですよ」

考えあぐねていると、牧原が気を遣うようにつけ加えた。

「来月の頭ぐらいまでに教えてください。野々宮さん、いつも欠席してますけど、たまには参加してください。いろいろ話してみたいし……それに、気分転換になると思うんです」

門限や父の死には触れなかったが、菫の迷いを察してくれたようだった。牧原は、「参加されるの楽しみにしています」と言い、自分の席に戻っていった。

思った通り、残業になった。牧原が手伝うと申し出てくれたが、休んでいる間ずっと仕事を肩代わりしてもらったからと断った。仕事内容も、明日までに終わらせないといけないというものでもない。

ただ、真面目な菫は、仕事が溜まっている状態が嫌なだけだ。

ふと気づくと、菫のいるフロアには誰もいなくなっていた。時計を見ると、前なら帰宅していないと父が怒る時間だった。

「ふふっ……なんか、悪いことしてるみたい」

こんな時間まで、家以外に一人でいたのは初めてで、笑みがこぼれた。ちょっと楽しい気分になってきたが、やっているのは仕事である。それでも、子供みたいにわくわくしてしまう。経験のないことを、やってみたくなる。

そうだ。コンビニにいってみよう。

菫は財布を持って立ち上がった。夜のコンビニにいくのは初めてだ。残業の合間に、夕飯を買いにいくなんてあり得なかった。

コンビニはオフィスビルの一階にある。そこで、菫はおにぎり二個とインスタント味噌《みそ》汁のカップを買った。

食事にもうるさかった父は、コンビニの食べ物は添加物や保存料など不健康なものが多いだのと言い、菫に食べるのを禁止していた。隠れて食べてみたことは何度かあるが、数えるほどだ。普段、お昼ご飯は花嫁修業の一環として手作りしたものを持参していたし、夕飯は絶対に自宅でとらなくてはならなかったからだ。

だがこれからは、こういうことも自由にできる。父の突然の死は悲しく、将来に不安しかなかったけれど、悪いことばかりでもないらしい。

足取り軽くオフィスに戻り、マーケティング部のフロアに向かう。会議室の前を通りかかった時、唐突にドアが開いた。

「きゃあっ！　え……課長？」

会議室のドアから顔をのぞかせたのは、どこか青ざめた様子の白瀬だった。彼は菫を見ると表情を険しくし、腕を摑《つか》んで会議室に引きずりこんだ。

「え、きゃ……ちょ、ちょっとなんですか？」

「なんでと聞きたいのはこっちだ。どこにいっていたんだ！」

恐ろしい剣幕に、菫は目を丸くし硬直する。そんな菫を見て、白瀬ははっとしたように声のトーンを落とした。

「突然いなくなるから、またなにかあったのかと思ったじゃないか……」

「コンビニです。夕食を買いにいっていたんです」

ビニールの手提げ袋を見せると、白瀬は溜め息をついて脱力した。

「なんだ、コンビニか……」

「心配させるつもりはなかったんですが……帰宅されてなかったんですか？　ここから

ずっと見てたとか……？」

　恐る恐る聞くと、ぎくりとした表情で白瀬が視線をそらした。

　この会社の会議室は、社員がリラックスして意見を出し合えるようにと、堅苦しさを取り払い、カフェ風のインテリアになっている。天井が高く、座席はソファや大型のクッションで、テーブルも低い。床には柔らかいラグまで敷かれている。また、開放感を持たせるため、オフィス側の壁の一部が窓のようにガラス張りになっている。そこには目隠しのブラインドが下がっていて、今は外が見えないようになっていた。

　仕事をしている菫を、隠れて見張ることができる。白瀬の背後を見れば、テーブルの上にノートパソコンと書類が散らかっている。ソファの背もたれには、スーツのジャケットとネクタイ。見上げた白瀬の横顔には、ソファの縫い目の痕がある。

「うたた寝してしまったんですか？」

「えっ、そんなことは……」

「頭の後ろ、寝癖ついてますよ」

　指さすと、白瀬は不貞腐れたような表情で、後頭部を撫《な》でつける。相変わらず、眉間に皺《しわ》があり仏頂面なのだが、同じ邸で暮らし体を重ねるうちに、彼の変化に乏しい表情が読み取れるようになってきた。

恥ずかしがっていて、ちょっと可愛い。

我慢しきれずにふふっと小さく笑いを漏らす。それに気づいた白瀬が、摑んだままだった菫の手首を強く引き、よろけた体を受け止めた。

「笑うな」

拗《す》ねた口調で言ったすぐ後、顎《あご》をくいっと持ち上げ唇を重ねてきた。不意打ちに息が止まった。

「……本当にびっくりしたんだ。目が覚めたらいなくて」

唇はすぐに離れていき、代わりにぎゅっと抱きしめられる。心臓がどきどきいって、耳《みみ》朶《たぶ》が燃えるように熱くなってくる。持っていたコンビニのビニール袋が、手からすべり落ちた。

菫が崖から飛び降りるのを見たと、白瀬は言っていた。少し変わった人ではあるが、自殺する場面を見て平静でいられるはずがない。他人とはいえ部下で、見知っていた相手だ。トラウマになる人だっているだろう。

なんとなく精神的に強そうだから、無意識にこの人は大丈夫なんだろうと思っていた。菫がまた自殺するんじゃないかと気にしているのは上司としての立場からだろうと、軽く考えていた自分が無神経だった。

背中に回った手が、カーディガンを強く握りしめている。その重みが、心にずしりとくる。

「ごめんなさい」

抱きしめているというより、菫にしがみついているような白瀬の腕に、そっと手を添えて撫でる。

「それから、ありがとうございます」

「え？　なにがだ？」

なぜお礼を言われたのかわからない白瀬が、顔を上げる。

「今の私をこんなに心配してくれる人なんて、もう課長と、幼馴染《おさなな　じ》みの親友ぐらいで。有り難いなと思って」

そう言って微笑むと、白瀬はなぜか表情を悲し気に歪《ゆが》ませ、口を開いた。けれど、なにか言いたそうに唇を震わせただけで、すぐに口を閉じてしまった。

「課長？」

「なんでもない……もう、なにも言うな」

白瀬の唇が再び重なってくる。今度は、強く貪るように、すぐに口づけが深くなる。濃厚で、息継ぎもままならないキスに、膝の力が抜けていく。眼鏡がずれ、密着した体はダンスでもするように反転し、後ろによろめいた。

膝裏に柔らかい感触がしたすぐ後、ソファに押し倒される。二人分の体重を受け止めたソファがきしみ、覆いかぶさってきた白瀬がブラウスのボタンをはずしていく。

口づけでずれた眼鏡を直そうとしていた菫は、慌てて彼の手を押さえる。

「だ、だめですっ……こんなところで」

「誰もいないんだから、大丈夫だ」

「でも、会社なのに」

誰もいなくても、ここで抱かれるのは落ち着かない。明日以降、会議室を使うたびに思いだして、恥ずかしくなってしまう。

だが、白瀬の指を押さえていた手を、あっさりと振り払われ、耳元で囁《ささや》かれる。

「今すぐ、君がほしい」

腰に響くような艶のある低い声に、動けなくなる。菫がこの言葉に弱いと知っていて、白瀬はなにかとベッドの上で口にする。

「ずるいです……課長」

誰かに求められることに飢えている菫の弱点。そこを攻めてこないでほしい。

「今は、光一だ」

言葉とともに耳朶をぺろりと舐《な》められた。菫は背筋を震わせ、甘い疼《うず》きに動けなくなる。その間にブラウスのボタンは胸の下まではずされ、モカ色のブラジャーがのぞく。

「あっ……やっぱり、駄目です！」

会社の、それもみんなが使う会議室でこんな格好にされるのが恥ずかしく、菫は往生際悪くブラウスの前を摑んで胸を隠した。邪魔されるかと思ったが、白瀬の手はすぐ引いていき、代わりにタイトスカートをたくし上げられた。

「きゃぁっ！　いや……！」

抵抗しようにも、脚の上に乗っかられていて身動きできない。じたばたしていると白瀬がどいて脚の上が軽くなり、とっさにソファから降りて逃げようとした。すると後ろから腕を摑まれ、ラグの敷かれた床に膝をついて、テーブルの上に伏せるように上半身を載せられてしまう。

「どうして？　本当は嫌じゃないだろう」

背後から圧しかかってきた白瀬が、タイトスカートをたくし上げる。脚の間に忍びこんできた手が、ストッキングの上からショーツを撫でた。

「もう濡《ぬ》れてる」

「やぁ、違います……っ」

「事実だろう。まだなにもしてないのに、期待しているのか？」

からかう声とともに、味見するようにうなじを舐められ甘嚙《あまが》みされる。不意打ちの刺激に、菫は嬌声《きょうせい》を上げ上半身を浮かせた。その隙間に入ってきた手が、ブラジャーをたくし上げる。こぼれ落ちてきた乳房を両手でまさぐり、乳首を指先で転がす。耳やうなじも、舌と唇で執拗に舐め回された。

「ひゃぁ、ンッ！　やぁ、いやぁ……あぁ！」

淫らなくすぐったさから逃げたくてもがくが、白瀬とテーブルに挟まれてどうにもならない。いいように愛撫され、菫は嬌声を上げることしかできなかった。

そのうち手がするりと抜け、乳房が冷えたテーブルに触れる。

「やん、つめたい……ッ」

硬くなった乳首は冷えたテーブルに押しつぶされ、その刺激にぶるりと全身が甘く震える。白瀬の手がストッキングを引き下げた。淫らな熱と蜜で蒸れていた場所が解放され、一気に心もとなくなる。少し頭が冷え、今の自分の格好を想像して、赤面する。こんな場所で、なんて破廉恥なんだろう。

けれどその羞恥心にあおられて、脚の間が甘く濡れてくる。下腹に熱が集まり、内側がびくびくと震えて疼いているのがわかる。これからもっと気持ち良くなれると、体が知っ

ているせいだ。

いやらしい期待で吐く息が乱れていく。腰に腕が回り、脚の間に指がすべりこむ。

前から後ろに恥部を撫でられただけで、ショーツの上からだというのに甘えた声が漏れた。指が、濡れた布越しに襞《ひだ》や肉芽を強くこする。それがもどかしく、たまにショーツの縫い目が肉芽にあたると、背筋がびくっと跳ねるほど感じてしまう。

「あっ、あっあぁ、ンッ、もう……ッ」

くちゅくちゅと濡れた音が、会議室にいやらしく響く。ショーツは濡れそぼり、あふれた蜜が内股を濡らす。ラグを汚してしまっているかもしれないと考えると、恥ずかしいのによけいに奥から蜜があふれてきてしまう。

もしかして自分は淫乱なのだろうか。そんなことをぼんやり思っていると、指がショーツの中に入ってきた。求めていた刺激に、濡れた溜め息が漏れる。後ろからもショーツの隙間をかき分け指が侵入してきた。

「えっ……あぁぁッ、そっちからもなんて……だめぇ」

後ろから入ってきた指は、蜜を塗りこむようにしてひくつく入り口をひと撫でした。同時に前の肉芽もいじられ、菫は嬌声を上げてテーブルに突っ伏す。腕に力が入らず、押しつぶされた乳首がじんじんと疼く。

ここでこれ以上は駄目だと思うのに、抵抗できない。

「あぁ……入れないでぇ」

指が蜜のぬめりを借り、ずぷりと蜜口に侵入してくる。ここ数日で、白瀬に抱かれることに慣れた体は、抵抗なく指を飲みこみ、快楽に腰を揺らした。それに合わせるように、指が中をかき回しながら出入りする。肉芽や襞も嬲《なぶ》られ、菫はいやらしい声を上げて体をくねらせる。上半身を揺らせば、乳首の先がテーブルにこすられて気持ちいい。はしたないと思うのに、やめられなかった。

中を犯す指は増えていき、抽送される速度も速くなっていく。頭は快楽に侵食され、ここが会社だということさえ忘れてしまう。もっと、もっと気持ち良くなりたいと、それぱかり考えてしまう。

甘い疼きの波が、何度も押し寄せてくる。それが徐々に大きくなっていくのに、限界が近いのを感じる。

「あっ、あんッ……あぁもうっ！」

いってしまうと告げるように悶《もだ》えると、嬲られすぎて敏感になった肉芽を、指先で強くつままれる。蜜口を激しくこすって出入りする指を、中が締めつける。

その時、オフィス側から物音がした。

「警備の者です。誰かいるんですか？」

菫は上げかけた声を、とっさに手で口をふさいで抑えるが、白瀬は愛撫の手を止めない。あろうことか、菫の背中に圧《の》しかかり耳元で囁く。

「見られてしまうかもしれないな」

「いやぁ……っ」

小声でやめてと懇願するが、白瀬はふっと鼻先で笑うだけだった。

見回りの警備員の足音が近づいてくる。会議室の鍵はかけていなかったはず。どうしよう。こんな姿、見られたくない。

逃げるように腰を引くが、それを追いかけて指が深々と内壁をえぐる。わざとなのか、菫の感じる場所を強く突き上げた。それと同時に会議室のドアがノックされる。

驚きと衝撃に体がびくんっと大きく跳ね、下腹に集まっていた熱が弾ける。逆流するように、快感が全身に散っていく。頭のてっぺんからつま先まで、淫猥《いんわい》な電流に犯され震えた。

弛緩《しかん》する菫の中から、素早く指が引き抜かれる。それにさえ快感の余韻で感じて、眩暈《めまい》がした。

「誰かいますか。警備の者です」

声に体がびくっと震えたが、ドアがすぐに開かないことにほっとする。すると白瀬は、ハンカチで手を拭きながら、何事もなかったように立ち上がった。

「少々お待ちください」

その声に、回りかけていたノブが止まる。

「すみません。こちらで残業をしていて……もう少し時間がかかります」

白瀬はドアを少しだけ開き、菫が見えないように体を壁にする。警備員の声はよく聞こえないが、和やかに談笑している。

自分はこんなに乱れて、動くことさえままならなくなっているのに、白瀬は涼しい顔だ。服装もきちんとしている。

なんだか悔しくて、逃げてやろうとテーブルに手をつくが、立ち上がれずにずるずるとラグの上に座りこんでしまった。そうこうするうちに、警備員を追い返し、ドアに鍵をかけた白瀬が戻ってきた。

「自分だけ気持ち良くなって、逃げる気か？」

ブラウスの前をかき合わせる菫を見下ろし、白瀬はどこか楽し気に言う。

「だって、警備員さんが……」

「もうこない。だから安心して続きをしよう」

「でも……」

床に片膝をついた白瀬が、菫の腰を抱き寄せ耳元に唇を寄せる。

「ここで終わるのは、君もつらいだろう」

耳朶に息を吹きかけられ、舐められる。とたんに全身の力が抜け、甘い声が漏れてしまう。体を支えていた腕がかくんと崩れ、テーブルに戻される。腰をつきだすように後ろから抱えられ、ショーツを引き下げられた。

快楽を期待して入り口はひくつき、とろりと新しい蜜をあふれさせる。そこに硬いものが押し当てられ、すぐに入ってきた。

「あっあっあぁ……だめ、そんな奥までぇっ」

上から一気に貫かれ、眩暈のような快感が襲ってくる。そのまま後ろから激しく突かれ、揺さぶられる。

敏感になっていた体には強すぎる快楽で、菫は抽送される熱に引きずられるようにして、何度か達する。その後は、中を男のものでこすられると、さざ波のような小さな絶頂が寄せては引いて、菫は乱れ翻弄された。

「あっ、あぁぁっ、いやぁんッ……もう、だめ。あつい……」

何度も突かれ、中をこすられ、熱が高まっていく。抽送も速くなり、摑まれた腰を強く引き寄せられる。中を深くえぐられ、菫はびくんっと背を反らした。

迎えた絶頂に蜜口が痙攣《けいれん》して、男の欲望を締め上げる。最奥に叩《たた》きつけられた熱に眩暈がし、菫は少しの間だけ意識を手放してしまった。


カップの味噌汁を一口飲み、ほっと息を吐いてソファの背もたれに身を沈める。テーブルには、コンビニのおにぎりが二つ載っていて、隣では白瀬が菫の仕事をやっていた。

「すみません。すぐに食べて代わりますね」

味噌汁のカップを置き、昆布おにぎりを手にとる。おにぎりの包装を開けるのにもたもたしていると、それを横目で見ていた白瀬に奪われた。

「あ……ありがとうございます。慣れてなくて……」

綺麗《きれい》に包装フィルムをはずしたおにぎりを返される。味噌汁も、情事後にソファでつくり方を熟読していたら白瀬にさっと奪われ、出来上がったものを持ってこられた。

意外にも彼は世話焼きだった。

「いいから、ゆっくり食べろ。これぐらい、すぐ終わる」

「でも、それは私の仕事ですから……」

「気にするな。それより、これは残業してまで終わらせなくてもいい仕事じゃないか？」

白瀬の疑問に、菫は苦笑を返す。

「ええ、そうなんですが……やりたかったんです」

「……うちには帰りづらいのか？」

仕事の手を止めた白瀬が、神妙な面持ちで言う。驚きに、首をぶんぶんと横に振った。

「いいえっ！　違います。それは誤解です！」

「では、どういうことだ？　休んでいる間に、急ぎの仕事が溜まったのかと、心配した。そうならないよう、配分したつもりだったんだが」

上司である白瀬が、休んでいる菫の仕事を割り振ってくれたのは知っている。それには感謝していた。

「実は……残業をしてみたかったんです」

「残業？　したことがなかったのか？」

「あります。ただ、この時間まで会社に残っていた経験がなくて……門限があったんです」

「ああ、そういえばそんなこと……」

白瀬が言いかけて、慌てたように言葉を飲みこむ。牧原から、菫が飲み会に参加しない理由でも聞いたのだろう。けれど本人から聞いたわけでもないからと、気を使ってあせっているのかもしれない。

白瀬はたまにこういう、繊細な気遣いを見せる。

「帰りが遅いと父が怒るので、今までは残業しても門限までには帰れるように仕事をしていました。でももう父はいませんから……」

「それで、遅くまで残業をしてみたかったというのか？」

白瀬が怪訝《けげん》そうな顔で、菫を見返す。

「おかしいと思うでしょうけど、私にとっては夜遅くまで会社で仕事をするって貴重な経験なんです。変な話ですが、夜遊びするみたいな感じです」

仕事をしてるので、遊びとは違う。けれど、親からの束縛がなくなる年齢になっても門限があり、夜に出歩くことのなかった菫にとって、遅くまで会社に残る体験というのは楽しいものなのだ。しかも、残業しなくてもいい仕事をわざわざやるのは、遊びみたいなものだった。

「夜遊びか……だが、婚約者がいただろう。彼と会っていて遅くなるのも駄目だったのか？」

「それは、だって……清い交際でしたから」

子供じみた交際を強いられていたのを思いだし、恥ずかしさに頬を染めてうつむく。白瀬は「そういえば、そうか」と言って口をつぐんだ。

「よく考えると……彼とのデートはいつも昼すぎに会って映画を見て、その後はカフェで感想を言い合って、それから食事をしておしまい。門限前に、家に送り帰されていました。他には、映画が美術館や博物館、水族館にとって替わるぐらいだったんですよね。三年も付き合ってたのに……」

まるで子供のデートだ。子供だって、高校生ぐらいになればもっとましな、二人の関係が深まるような交際をしているだろう。

こうして白瀬と体の関係を持つようになってみると、圭介としていたデートがいかにおままごとみたいだったか実感する。彼は常に、菫と距離を置いた付き合い方をしていた。深入りする気がなかったのだ。

「まあ、そういうわけでして……課長のお宅に帰りづらいとか、気まずいというのではありません。せっかくだから、遅くまで会社に残ってみたいなって思っただけなんです」

「それなら安心したが、なにか窮屈なことがあったら言ってくれ。私に言いにくければ、戸塚に言ってくれればいい」

「今のところ、とても快適に暮らせています。こちらこそ、残業する件とその理由を、ちゃんと課長に伝えずにすみませんでした」

言っておけば、白瀬に変な気を使わせずにすんだ。一緒にこんな時間まで会社に残ることもなく、今頃、邸で美味しい夕食を食べて体を休ませていただろう。

それも合わせて謝罪すると、白瀬は首を振った。

「いや、それを聞いていても同じことをしただろうから、気にするな」

「同じことをですか……？」

やはり自殺を心配して、見張るのだろうか。だが、この話題はこれで終わりとばかりに、菫の疑問を無視して唐突にこう言った。

「ところで、夜遊びするならなにがしたいんだ？」

『父が亡くなって、いろいろ不安だったけど、悪いことばかりでもないみたい。今まで父に禁止されてきたことを、これからはやってみたいなって思うんだ。ヒカリちゃんも、お仕事頑張ってね』

『そうだね！
これからはオシャレも自由だし、門限だってないもんね。
私が協力できることは協力するよ。
だから、なんでも相談して！』

「本当にこんなことでいいのか？」
待ち合わせ場所の石像の前に、菫より先にきていた白瀬が、さっきまでいじっていたスマートフォンをしまいながら怪訝《けげん》な表情をする。

「はい。仕事後にお疲れで申し訳ありませんが、お付き合いくださってありがとうございます」

数日前の残業で、白瀬に夜遊びでなにがしたいと聞かれ、仕事が終わってから平日にデートをしてみたいと菫は答えた。それで今夜、会社からは離れた場所で待ち合わせをして、外で会うことになった。

「別にこれぐらいはかまわない。疲れてもいないし……ただ、仕事後でいいのか？　休みの日に、一日じっくり付き合ってもいいんだぞ」

「仕事後がいいんです。ずっとこういうの憧れてて……」

菫より一つ年上の圭介は、就職して一年後に海外赴任になってしまった。仕事後にデートをする機会はなく、菫が大学生の頃も、「君は門限があるし、僕は仕事で疲れているから」と平日の夜に会ってくれなかった。

社会人になってからは家と会社の往復。休日も婚約者は外国にいて会えない。そんな毎日の中、仕事帰りに見かける恋人同士が羨ましかった。休日なら家にこもってしまえば見ないですむ幸せな恋人たちを、妬ましくも思った。

お互いに仕事で疲れているだろうに、会いたいと思ったり、会いたいと思われたりするのはどんな気分なのだろう。きっと疲れなんて吹き飛んでしまうのだろう。仕事の愚痴を言ったり聞いたりして、お互いを励まし合ったり、癒されたりするのだろうか。

いろいろな場面を想像し、胸がもやもやした。自分は仕事であったつらい出来事も、一人で抱えるだけ。婚約者は、海外に赴任してから連絡もろくにくれない。電話も時差があるからと、なかなかでてくれなくなり、メールだけのやり取りだった。

寂しくてたまらなかった。蔑ろにされているのでは、という疑惑に蓋をして、仕事帰りに見かける恋人たちを恨めしく思っていた。

「課長は恋人ではないので、こういうことにお付き合いさせるのは申し訳ないのですが、気分だけでも味わってみたいんです。よろしくお願いします」

白瀬との関係は今でもよくわからない。子供を産む約束をしたが、契約書を交わしたわけでもない。ただ、体の関係を楽しんでいるだけのような気もする。

それでも、今の菫にこういうお願いができる相手は白瀬だけだ。深々と頭を下げると、

「やめてくれ」と困ったような声が降ってきた。

「大したことじゃない。なんなら、毎日付き合ってもいいぞ。家ででる食事ばかりなのも飽きてきたからな」

戸塚も仕事が減って、ゆっくりできるだろうと素っ気なく言う白瀬に、菫は微笑んだ。

「嘘《うそ》でも、毎日なんて言ってもらえると嬉《うれ》しいです。甘えてしまいそうになります」

「なに言ってるんだ？　嘘じゃないぞ」

「え……？」

先に歩きだしていた白瀬が、不服そうに眉根を寄せて振り返る。

「甘えたければ、好きなだけ甘えればいい。君に甘えられるぐらい負担ではないし、私は迷惑しない」

そう言うと、驚いて立ち止まっている菫の手をごく自然に掴《つか》む。

「いこうか。いきたい店はあるのか？」

「い、いえ……特には……」

「じゃあ、こっちで適当に決めてしまうがいいか？」

「はい、お願いします……」

繋《つな》がれた手にどぎまぎして、なにを言われてもぼんやりとしか聞こえない。自分がなんて返事をしているのかもわからないぐらい、胸がどきどきしていた。

今さら、手を繋いだぐらいでどうしてしまったのだろう。もっと恥ずかしい場所を触られたりしているというのに。

この、恋人みたいなシチュエーションのせいだろうか。それより、変じゃないだろうか。見た目の良い白瀬と、地味な自分が手を繋いで歩いていたら笑われないだろうか。きっとする。

だが、気にするほど誰にも注目されていなかった。恐る恐る顔を上げた菫は、少し安堵《あんど》

夜と言っても、まだ七時。街には人が多く、カップルはお互いしか見ていない。そうでない人々も、家路や目的地に向かって黙々と歩いている。

あまり気にしなくてもいいのかもしれない。

白瀬と手を繋いで歩くのにも慣れた頃、菫は肩の力を抜いた。胸の鼓動もおさまり、歩きながら周りを見る余裕もうまれる。待ち合わせ場所だった駅前の石像からはだいぶ離れ、車の通らない賑《にぎ》やかな通りに二人はいた。

ふと、ショーウィンドウを見ると、白瀬と菫が映っている。すらりと背が高く、オーダーメイドのスーツ姿が様になっている白瀬と、今日も地味なグレーのカーディガンに黒いタイトスカートの菫はつり合いがとれていない。

さすがに恥ずかしいと思ってうつむく。清潔さは心がけているので、毎日違う服を着ているし洗濯もまめなほうだ。けれど、同じような色とデザインの服ばかり買ってしまう。はたから見たら、同じ服を着ているように見えるだろう。

会社の服装規定はオフィスカジュアルで、ITという業種のせいか、わりと緩い。女性

社員で外回りがない人は、節度ある範囲で華やかにしている。システム開発部署などは、外回りがほぼないのをいいことに、カジュアルどころかラフな格好をしている社員もいるほどだ。

そういう社員が多い中、菫は地味すぎて浮いているぐらいだった。

もう少し、明るい色の服を着てもいいのではないか。厳しいことを言う父もいないのだからと思うのだが、いざ買おうとすると、なにを選べばいいのかわからなかった。ずっと地味に慎ましくと自分を律してきたせいで、どうやってお洒落《しゃれ》をすればいいのか、なにを着れば女性らしい華やかさを演出できるか見当もつかないのだ。

通りがかったショーウィンドウに、この間、牧原が着ていたアンサンブルがディスプレイされている。他にも彼女が着ていた服が奥にかかっているのが見えた。ここのブランドが好きなのだろうか。

「可愛い……」

思わず声を漏らしていた。すると白瀬が急に立ち止まり、その背中に菫はぶつかってしまった。

「ご、ごめんなさ……」

「ほしいのか？」

「え……いえ、そんな私なんかが似合うわけないですから！」

「そういう問題ではない。年齢的には着ても問題ないデザインだし、着たいなら着てみればいい。似合わないなら、似合うように工夫すればいいだけだ」

すぱっと言い切られ、茫然《ぼうぜん》とする。その通りではあるし、自分でもわかっている。だが、それができないから困っているのに、白瀬はその見えない壁をあっさりとぶち破ってきた。

「よし、入ろう。着てみるといい」

「ええっ、でも……！」

「つべこべ言うな。なにもしないで自分には無理と指をくわえて見ているだけで、他人を羨むなんて不健康なだけだ」

胸を突く言葉に、菫は息をのむ。するとさらに驚くことを言われた。

「これからは、今まで父親に禁止されていたことを、やってみるんじゃなかったのか？やっと過干渉がなくなったのに、自ら躊躇《ちゅうちょ》するなんてもったいないぞ」

そんなことまで話しただろうか。残業して会議室で抱かれた時に、言ったのかもしれない。それを思いだそうとしているうちに、手をぐいぐい引っ張られ、店に連れこまれた。

それからは白瀬の独壇場だった。

店員を呼びつけ、「彼女に似合いそうなものを」と言って見繕わせる。他にも、菫が興味をしめす服があると、それもこれも追加していき、店員に組み合わせを考えさせる。そして最後に、菫を試着室に押しこんだ。

以前、これと同じようなことがあったな、とデジャヴュを感じながら、菫は何着も試着し、自分になんとか似合うような気がする服を何点か選んでいった。店員からは、これとこれの組み合わせがいい、髪型はこうしたら綺麗《きれい》に見える、菫は肌が白いからこういう色や柄が似合うとたくさんのアドバイスももらった。

そうしてやっと服を購入し、白瀬が美味しいという、スペイン料理のバルに連れてこられた。

隣の椅子に載った紙袋を見て、菫はふうっと息を吐く。前に白瀬に服を買われた時に比べると量は少ないが、とても疲れた。支払いでひと悶着《もんちゃく》あったせいだ。

白瀬はというと、店員に注文をしている。相変わらずの仏頂面であるが、いつもより不機嫌そうに見える。

「あの……怒ってますか？」

店員がいなくなってから、おずおずと切りだす。メニューを置いた白瀬が、軽く首を傾げた。

「なんのことだ？」

「さっき、支払いをお断りした件です」

当たり前のように、服の代金を払おうとした白瀬に、菫は自分で払うと譲らなかったのだ。結局、押し切るようなかたちで菫が支払いをし、そのせいで店員からは変な目で見られてしまった。

白瀬とは体の関係はあるが、恋人でも愛人でもない。セフレかどうかも怪しい。そんな関係性で、普段着る服まで買ってもらうのは抵抗があった。

前に購入された高いブランドの服も、正直、扱いに困っている。ただあの時は、非常時のようなものだったので仕方がない。今さら服の代金を支払うと申し出るのは無粋だろう。

「あの……お店に入れたのは課長のおかげではありますが、この服を着るのは私ですし、私が前からこういったのを着てみたいと思っていたので、自分で購入したかったんです。それに、そこまで甘えるのはちょっと違うと思うんです」

こういう時、遠慮などしないで、喜んで買ってもらうような女性のほうが可愛げがあるのだろう。特に白瀬は経済的に困っておらず、女性に対してお金をだすことに抵抗がなさそうだ。菫の態度に恥をかかされたと思っているかもしれない。

だが、小さくなる菫を見て、白瀬は苦笑をこぼした。

「いや、君に対して怒ってはいない。ただ、自分が無神経だったと反省しているだけだ」

「無神経ですか？」

「考えなしに、ついでしゃばりすぎた。君がきちんとした女性で、貢がれて負担に感じるタイプだというのを忘れていたんだ」

怒っていないどころか、菫の気持ちを理解している白瀬に、ほっと胸を撫《な》で下ろす。

「ところで、その服は明日から着ていくのか？」

「え、それは……まだ、なんというか覚悟が……」

買ったはいいが、明日からすぐに着る勇気はなかった。色が地味なものもあるが、デザインが可愛くて、今の菫には似合わない。

「着ないともったいないだろう」

「そうなんですが……せめて髪型をどうにかしないと駄目だと思うんですよね」

伸びてきた前髪をつまみながら、溜《た》め息をつく。その向かいの席で、白瀬はスマートフォンをとりだす。人と会話をしている時に、スマートフォンをいじったりする人ではないので、珍しいなと思いながら話を続けた。

「でも私、髪型のセットの仕方とかわからなくて……ネットや雑誌で調べてみようかなって思います」

それで少しずつ雰囲気を変えていき、そのうち買った服を着られたらいいなと悠長なことを考えていた。だが、白瀬は違った。

「独学じゃ遅いだろう。人に教えてもらったほうがいい」

「それはそうですが、教えてくれる人が……」

「知り合いに美容師がいる。講座を開いて、メイクの仕方を教えたりもしている」

白瀬がスマートフォンの操作を終え、顔を上げて言った。

「そいつの店に、明後日の夜に予約を入れた。デートの前に寄っていこう」

「え……?」

話の展開についていけず目を丸くしていると、白瀬がにやりと笑って言った。

「カードで前払いしたから、キャンセルはできないぞ。いいな」

「か、課長……やっぱり、根にもっているんですね」

服の支払いの件だ。眉尻を情けなく下げる菫に対し、白瀬はしれっとした表情で返してきた。

「なんのことかな?」

それから白瀬とは、仕事後のデートを重ねていくこととなった。それと一緒に、菫の改造計画も着々と進んだ。

白瀬の知り合いだという美容師に、お洒落やメイクの仕方、髪型のつくり方を週一で徹底的に習うことになってしまった。まず、なくてもそれほど生活に支障のない野暮ったい眼鏡は封印され、フレームなしの眼鏡とコンタクトをつくった。

仕事後のデートは週二回から三回になり、服以外のアイテムを揃《そろ》えるために買い物が中心となった。靴にバッグ、アクセサリー、それから化粧品など、菫の手持ちのものに買い足すものは意外にも多かった。自分も女なのに、世の女性は身だしなみにいろいろ投資が必要なのだなと驚いた。

そんな菫の買い物に、白瀬は辟易《へきえき》するどころか率先してあちこちついて回った。菫がこういうものがほしい、憧れていると言えば、どこで調べてきたのかそれらが並んでいる店を見つけてくる。それに感心し、女性の買い物に付き合うのは嫌ではないのかと聞けば、子供の頃から姉の買い物に連れ回されていたので慣れている。恥ずかしいなどの抵抗感もないのだと教えてくれた。

買い物の後のデートは、ただ食事をするだけでなく、菫がいったことがない場所に連れていかれるようになった。演劇や落語を楽しみながら食事ができる居酒屋や、水族館の中にあるバー、二十四時間営業の本屋と一体になったカフェ。他にも、一度も入ったことがないと言ったらカラオケ店にも連れていってくれた。

白瀬とカラオケというのがイメージと合わなくておかしかったが、彼は意外にも歌が上手だった。帰国子女だという白瀬は、菫の知らない外国の歌を、流暢《りゅうちょう》な英語で歌いこなしていた。本当に、どこからどこまでも格好良くできている人だ。自分とは住む世界が違うなあ、と妙に感心してしまった。

そして一カ月がたつ頃には、休日にも二人ででかけるようになっていた。

「公園デートもしていなかったのか」

「あはは……」

菫のつくったおにぎりを手にした白瀬のつぶやきに、乾いた笑いを返す。彼のストレートな物言いにもだいぶ慣れてきた。

二人は都内の自然が多い公園にきていた。休日だが、広い公園内に人はまばらで、芝生のエリアでは家族連れや友達同士のグループが楽しそうに遊んでいる。隅の木陰では、レジャーシートや椅子、小型のテントをだして寛ぐ人々の姿があった。

白瀬と菫も、日陰にレジャーシートを敷いて弁当を広げていた。

「大学生の時からの付き合いだったんだろう。公園ぐらいいきそうなものだが……」

デートの帰りに寄ることもあっただろうと言う白瀬に、菫は力なく首を横に振る。

「いかなかったですね。たぶん嫌がられてたんだと思います。公園って会話が続かないと、デートするのつらいですよね」

「会話が続かない関係だったのか?」

「うーん……彼はよくしゃべるというか、話題を振ってくれるんですが、私が会話がうまくないんです。面白い話もできませんし。だから退屈だったんじゃないかなぁと、今にして思うんですよ」

その上、婚約はしていても好きでもない相手だ。とりとめのない会話をして面白いわけがない。菫の普段の生活や趣味、好みなんて知りたくなかっただろう。

けれど父からの圧力で婚約した立場で、無下な態度もとれない。きっと圭介は、仕事で接待をしている感覚で菫と付き合っていたに違いない。そう考えると、会話する時間が少なくてすむ映画デートが一番多かったのは、納得だった。

「あと、やっぱり……こういうのも重いから避けられてたのかなって」

「重い?」

「手作りのお弁当です」

レジャーシートの上には、三段の竹製弁当箱が載っていて、中には唐揚げや卵焼き、肉巻きアスパラ、ポテトサラダ、茹《ゆ》でブロッコリー、ミニトマト……と定番のおかずが入っている。菫が手作りしたという以外は、ごく普通の弁当だ。

「公園デートを提案したこともあるんです。その時に、お弁当をつくっていくって言ったら、なんだか微妙な空気になりまして……私の負担になるからいいよと、断られてしまったんです」

菫は取り皿におかずを分け、白瀬の前に置く。すでに二皿目で、たくさん食べてくれる白瀬のおかげで、過去を思いだして暗くなっていた気分が軽くなる。

「好きでもない相手の手作りのものって重いですよね。でも、私は好かれていないってわかってなくて、クリスマスに手編みのマフラーを贈ってしまったりとか……ほんと痛々しいですよね」

あのプレゼントを、圭介が身につけているのを見たことがない。あげた時、よくできているからもったいなくて使えないと言っていたが、本音は使いたくないだけだったのだろう。それを褒められたと勘違いし、舞い上がっていた自分は滑稽だ。

しかも今は、公園デートができなかった無念を、白瀬で晴らそうとしている。彼が圭介の代わりにならないのはわかっているのに、やめられない。まるで、叶《かな》わなかった恋を弔っているみたいだ。

「あの、こんなことに付き合わせてしまって、本当にすみません」

「今さらだろう。夜遊びだって、私も楽しんでいるから気にするな」

「そう言ってもらえると助かります。お弁当とか、嫌がられたらどうしようって思ってたので」

休日にでかけようと誘われ、公園デートがしたいと返した。その時、お弁当をつくっていきたいと言うのは、少し勇気がいった。圭介の時みたいに断られたらと……ところが、白瀬は楽しみにしていると言ってくれた。

「美味しいし、問題ない。私には重くもなんともない」

そう言うと、白瀬は三つ目のおにぎりにかじりつく。無理して食べている様子がないことに、安堵する。

「良かった……誰にも手料理を食べてもらったことがないので、美味しいかどうかも自信がなくて」

「友達にもか？」

「……そういう親密なお付き合いをしている友達は、近くにいなくて」

親友のヒカリなら食べてくれるだろうし、食べてほしいと誘うのも容易だろう。けれど彼女とはなかなか会えない。

「さっきも話しましたが、私、会話が苦手なんです。ある程度、距離を持った関係で仕事とか間に挟まっていると話せるんですが、普通の友達同士の会話って言うんですか……女同士の会話が得意じゃないんです」

いわゆるガールズトークと言われるようなものだ。そこにプライベートに関する内容が絡んでくると、もうなにを言えばいいかわからなくなる。聞いているだけで、息苦しくなり、批難もなにもされていないのに居心地が悪いと感じてしまうのだ。

そういう会話をする同性というのは、友達というには表面的で、他人というほど知らない仲でもない。けれど知り合いと言ってしまうと素っ気なくて角が立つ。そういう微妙な距離の女友達だからだろう。

「たぶん無駄に自意識過剰なんだと思います。こんなこと言ったら変な目で見られるんじゃないだろうかとか、嫌われるんじゃないかって、自分の保身ばかり考えてしまって駄目なんです」

あたりさわりのない話をすればいい。嘘にならない程度の、表面をさらった会話をしておけばいいとわかっているのに、うまく言葉がでてこないのだ。

「そうは言うが、今、私とは普通に話せているじゃないか。しかもかなりプライベートな内容ばかりだぞ」

「……そういえば、そうですね」

菫は何度か瞬きして首を傾げた。

同性ではなく異性だからかと思ったが、元婚約者の圭介とだってこんなに打ちとけて話せたことはない。他の異性では、仕事以外で話すのはなるべく避けたいと思うほど苦手だ。白瀬とは、先に体の関係ができてしまったせいだろうか。自殺未遂を助けられたというのもある。今さら、体裁を気にする相手ではないと思えるからか。

やっぱり白瀬との関係がなんなのかよくわからない。わからないけれど、前にも思ったように親友と似ている。

「課長はまるで……とても仲のいい女友達みたいですね」

思いついたままを口にすると、とても胸にしっくりときた。なんでも話せる気が置けない友達。それだ。

もやもやしていたものがすっきりし、菫は笑顔で顔を上げる。だが、白瀬は苦虫を噛《か》み潰したような渋い面持ちだった。

「君は、女友達とああいう行為をするのか。そっちの趣味があったのか」

「え……ええっ、違います！」

最初、なにを言われたのか理解できなかったが、性行為のことだとわかって赤面した。

「しませんから！　そういう意味ではなく……」

「まあ、それは冗談として。君は、怖がらずに友達をつくったほうがいい」

今のは冗談だったのか。わかりにくい。

「よくメールしている親友……それ以外に友達がいないだろう」

図星を突かれ、菫はうっと言葉につまる。

「いくら仲が良くても、一人に依存するのは良くない。親密というほどではないが、いい距離を保てる友達というのも必要だ」

「そうですが……」

簡単に友達をつくれれば苦労しない。自分でも気軽な付き合いの友達が必要だとわかっている。昔はそういう友達もいた。ただ、あのことがあってから怖いのだ。

ふっ、と胸にわいた暗くどろっとした不快感に背筋が震える。思いだしたくない、思いだしてはいけない過去が迫ってくる。もう自分は大人で、怖がることはないとわかっているのに、菫を嘲笑う声が耳元でしたような気がした。

寒気がして、自身を抱きしめる。そんな菫の背中を、白瀬がぽんぽんとなだめるように優しく叩《たた》く。

「菫なら大丈夫だ」

このタイミングで名前を呼ぶのは卑怯《ひきょう》だ。泣いてしまいそうになる。

思わず鼻をすすると、大きくて温かい手が頭を撫でた。まるですべて知っているとでも言うように。

「今までできなかったことをするんだろう。菫ならできる」

胸が切なくきしんで、堪えていた涙がこぼれた。

いつだったか、前にも同じように励まされたことがある。それが誰だったのか思いだせない。

白瀬の腕が伸びてきて、声を殺して泣く菫を抱きしめる。

「菫は泣き虫だな」

耳元で聞こえた声が、昔聞いた誰かの声とよく似ているような気がした。

* * *

怖い。怖い……。

外の世界と繋がるものすべてが怖い。

「菫！　どうしたんだ！　なにがあった？」

ドアの外で父が怒鳴っている。鍵のかかったドアノブをがたがたと何度もひねり、怒ったような悲しいような声を張り上げている。

「でてきなさい！　なにがあったのか話しなさい！」

菫は耳をふさいで布団をかぶって丸くなる。父に話せるわけがない。せめて、母が生きていれば……。

布団の隙間から、切断されたＬＡＮケーブルが見える。パソコンの電源コードもハサミで切ってしまった。

絶対に外界と繋がりたくない。自室から一歩だって外にでたくなかった。

このまま布団と一体化して、腐敗して溶けてなくなってしまえばいいのに。そう思いながら目を閉じた。

イジメが始まったのは、母が亡くなってしばらくたってからだった。

中学三年生は、普通ならば受験で忙しくてイジメをしている暇などない。けれど菫の通う女子校は、いわゆるエスカレーター式一貫校。よほど素行不良でないかぎり、自動的に大学まで進める。

だからなのか、それとも菫が悪いのか、あと数カ月で中等部が終わる頃にイジメが始まった。原因はなんだったのか、虐められていた菫ももうよくおぼえていない。母の死後、精神的に参っていて、メールの返信が遅れたとか、その程度のことだったと思う。

最初は、私物がなくなったり無視されたりするだけだった。それが徐々にエスカレートしていった。学校非公式の掲示板で誹謗《ひぼう》中傷されたり、身におぼえのない噂《うわさ》を流されたりするようになった。掲示板も噂も知らない振りをしていれば問題なかったが、そのうち階段から突き落とされそうになったり、倉庫に閉じこめられたりと実害が出始めた。

さすがに先生に相談したが、それがよくない結果を招いた。

ブルッ、と布団の中でなにかが震えた。そちらに視線をやると、電源を落としたはずの携帯電話が点滅していた。メール通知のランプだ。

全身が、がたがたと震えだす。心臓が激しく鼓動し、息が苦しくなる。胃のあたりがすうっと冷え、吐き気がした。

見ちゃ駄目だ。駄目……。

そう思うのに、そろそろと手を伸ばして携帯電話を掴み、メールを開いた。

『先生にイジメなんてないって言ってくれるよね？　じゃないと、これネットにばらまくから』

スクロールすると、添付されている画像がだんだん見えてくる。肌色の多いその画像を最後まで見られずに、菫は携帯電話を畳に投げつけた。

画像は見なくてもわかる。写っているのは半裸の自分。放課後の教室で、数人の同級生に押さえつけられ、制服を脱がされて、携帯電話で撮影されたのだ。

「いやぁっ……いやあぁぁッ」

布団にくるまり、悲鳴を上げる。涙がぼろぼろととめどなくあふれてくる。

怖い、怖い、怖い……人が、情報が、外へ繋がっていくことが恐ろしい。

誰にも見られたくない。話したくない。なにも聞きたくない。

ドアの外では、父がまだなにか騒いでいたが、そのうちあきらめて去っていった。それでいい。こんなこと父には話せない。写真だって見せられない。

でも、どうしよう。どうすればいい？

学校にいかなかったら、写真をばらまかれてしまう。けれど学校にいけば、もっとひどい目にあうに違いない。

どうしようどうしようどうしよう――……

なにも考えられなかった。ただあせるばかりで、頭は真っ白だ。

その時、携帯電話が再び鳴った。今度は電話の着信音。唯一の親友からの着信に設定したメロディだった。

「ヒカリちゃん……」

菫は涙でかすれた声でそう言うと、助けを求めるように手を伸ばした。

act.5

『最近、その課長さんの話が増えたね。もしかして好きなの？』

昼休憩、会社近くのレストランでメールを開いた菫は、動揺してスマートフォンを取り落とした。ごんっ、とテーブルにぶつかる音がして、周囲の注目を集めてしまう。頭を下げながら、慌ててスマートフォンを拾い上げ、もう一度メールを読む。

なぜか頬が熱かった。

「ヒカリちゃんたら、なに考えてるんだろっ」

少し腹を立てながら溜《た》め息をつく。

そういえば最近、メールで白瀬の話題が増えたかもしれない。さすがに彼の邸に居候させてもらっているとか、体の関係があるとかは告白できなかったが、仕事の話をするようになった。必然的に上司である白瀬が登場する。

プライベートの関わりを書けないぶん、職場での白瀬を無意識に話題にしていた。勘違いされても仕方ないだろう。

『違うよ。そういう対象になるような人じゃないから、誤解しないで。どちらかというと怖い上司で、面倒見とかはいいし尊敬できるところはあるけど、異性としては好みじゃないから。それにまだ、そういう気持ちにはなれないかな……恋愛は、まだしばらくしたくないなぁ』

そう打ちこんで返信している間に、注文したランチセットがやってきた。動揺はまだ続いていて、パスタの味がよくわからないままに食事は終了した。

それから仕事に戻っても、白瀬を見ると変に意識してしまい、小さなミスが続いた。しかもなぜか白瀬の機嫌が悪く、いつもなら怒らないようなミスで菫に説教した。

席に戻った菫は、ミスをした契約書を机に置いて、しゅんと肩を落とした。白瀬に怒られたことが思いのほかショックだった。プライベートで体の関係があり、デートもしていたせいで甘えていたのだろう。そこに気づいて、白瀬は厳しくしてきたのかもしれない。

それに仕事でミスをした自分が悪いのだ。

「大丈夫ですか？　あんなに怒らなくてもいいですよねー」

隣の席に腰かけ、こそこそとにじり寄ってきたのは牧原だ。菫に渡す書類を持ってきたついでに、雑談をするつもりらしい。

「課長が怒るなんて珍しいですね、虫の居所でも悪かったんでしょうか？　あんまり気にしないほうがいいですよ」

「ありがとう。でも、私が悪いことだから」

励ましてくれる牧原に、軽く微笑む。するとここからが本題なのか、目をきらきらさせながら牧原がずいっと身を乗りだしてきた。

「ところで、ピアス開けたんですね。野々宮さん、耳朶《みみたぶ》の形いいからすごく似合ってます」

指さされた耳朶には、ダイヤモンドのファーストピアスが光っていた。

「あ、ありがとう」

唐突に褒められ、面映《おもは》ゆさに口ごもってしまう。こういう時、どう反応すればいいかわからなくて困る。

「先週からつけてますよね。それに最近、眼鏡も変わったし、コンタクトの日もあって、雰囲気が変わりましたね」

牧原は服装や髪型も変わって綺麗《きれい》になったと褒めそやす。

今日の菫はコンタクトで、服装は白のボウタイブラウスに紺色のフレアスカートだ。色合いは地味だが、前に比べると垢《あか》抜けている。髪型も、サイドをハーフアップにして後ろでまとめ、残りの髪は下ろしていた。

「髪は、軽くパーマかけました？　雰囲気が柔らかくなって可愛いくなりましたね」

「う、うん……そうなの。ありがとう。ちょっと変わってみたくて」

言葉にできない恥ずかしさにうつむく。こういう会話は不得手だ。どう返せばいいかわからなくて、挙動不審になっていないかと、もじもじしてしまう。

牧原は、そんな菫を馬鹿にするわけでもなく、満面に笑みを浮かべて質問を重ねる。

「なにかあったんですか？　たとえば彼氏ができたとか？」

「えっ、ええ⁉　そういうのではないから」

びっくりして両手を振りながら否定する。牧原は少しつまらなそうに唇をすぼませ、

「違うのかー」とこぼした。

「野々宮さん、急に綺麗になってきたから、恋人できたんじゃないかって噂《うわさ》になってるんですよ」

「え、そんな綺麗だなんて……それに噂って？」

まさか変なことを囁《ささや》かれているのではないかと、中学の頃のイジメを思いだして不安になる。

「あ、大丈夫です。悪口とかじゃないですから」

牧原はつつつっと体を寄せてきて、菫の耳に手を添えて言った。

「男性社員から、恋人いるのか聞いてこいって頼まれたんです。あんな綺麗だったかって、今、野々宮さんは男性社員から注目の的ですよ」

「へっ、え……な、なにそれ？」

予想外の噂というか、男性からの評価に動揺して声や手が震えた。

「もしかして、私……からかわれてる？」

「なに言ってるんですか。事実ですよ。真実、野々宮さんは綺麗ですから、自信もってください」

なぜか力説する牧原に、菫は茫然《ぼうぜん》として瞬きする。

「私、前から野々宮さんは地味にしてるけど、素材はいいもの持ってるって思ってたんですよ。それを今さら騒ぎだして、男ってのは見る目がないというかなんというか。原石に気づいてなかったくせに、調子よすぎでムカつきますよね」

牧原が、いったいなにに憤慨しているのかわからない。それより、綺麗だとか男性社員の注目の的だとか、信じられない内容ばかりで混乱する。

「ところで、ここからはまた噂なんですけど……」

牧原が再び顔を寄せ、声をひそめる。

「課長と野々宮さんがデートしてるの見たって言う人がいるんですけど、本当ですか？」

心臓がどくんっ、と大きく跳ね、表情がこわばる。体から血の気が引いていく。

「最近、野々宮さんが綺麗になったのって、課長と付き合ってるからじゃないかって」

「ち、違います！」

思わず、声を張り上げて否定していた。周囲の視線が集まり、牧原が目を丸くしている。

「あ……ご、ごめんなさい。なんでもありません」

菫は慌てて周囲に頭を下げ、小さくなった。

「野々宮さん……？」

「と、突然変なこと言わないで。そんな事実ないから、びっくりしてしまって、ごめんなさい」

声の裏返った返答に、ひやひやする。怪しまれてしまうかもしれないと思ったが、牧原は素直な性格なのか、疑いもしなかった。

「そうですよね。課長と野々宮さんってそんな接点ないですし、変な噂を聞かせてしまってすみませんでした」

深々と頭を下げた後、牧原は「じゃあ、今夜の飲み会でまたいろいろ話しましょう」と言って去っていった。

そういえば、今夜は初めて飲み会に参加するんだった。

さっきの噂話の真相を、また誰かに聞かれたらどうしよう。飲みの席だから、遠慮がないだろうし……。

今から心配になってきた。それから、男性社員の菫への評価が変わったのも気になる。異性から注目を浴びることなど今までなかったから、緊張するというか怖い。

話しかけられたらどう対応すればいいのだろう。いや、それは自意識過剰で、誰も声なんてかけてこないというのが現実に違いない。話しかけられたとしても、うまい返答もできないのだから、面白くない女だとすぐに飽きられる。そして飲み会で独りぼっちになるところまで、容易に想像できた。

ぐるぐると益にもならない想像を巡らせ、午後の仕事もあまり集中できないまま終わった。

「本当に一人で帰れますか？」

「そんな心配しないで、子供じゃないんだから」

菫はへらへらと笑いながら牧原に言う。あまり呂律が回っていなかった。足元もふわふわして、気分がいい。少し飲みすぎてしまったようだ。

二人は地下鉄の出入り口にいた。飲み会後、酔っぱらった菫を、牧原が駅まで送ってくれたのだ。その牧原は、同じ駅の別路線に乗って帰る。

「子供じゃないから心配なんですよ。変な人についていったら駄目ですからね！」

「はいはい、わかってます。私より、牧原さんは終電の心配しないと」

「あ、そうだった！」

地下鉄乗り場に降りていく階段の前から、別改札を振り返る。電光掲示板に、最終電車の文字が表示されていた。

「じゃあ、私いきます！」

「ええ、気をつけて。今日は楽しかったです。いろいろ気を使ってくれて、ありがとう」

飲み会の間、牧原は慣れない菫のフォローをずっとしてくれていた。噂の真相を聞いてくる者がいれば、それを上手にあしらい、べたべたしてこようとする男性がいれば、間に割りこんで壁になってくれていた。

会話も菫が答えやすいような話題を振ってくれた。たまたま同じブランドの服を着ていたこともあり、ファッションの話などで盛り上がった。また、牧原の橋渡しで他の女性社員とも話せて、楽しいひと時をすごせた。

それもこれも、会話上手な牧原とお酒のおかげである。

「いえ、こちらこそ、野々宮さんとたくさん話せて楽しかったです。お疲れ様でした」

手を振って改札に駆けていく牧原に、「お疲れ様でした」と声をかけ、菫も地下鉄の改札に降りていこうとした。

「野々宮さん！」

名前を呼ばれて振り向くと、さっき飲み会にいた男性社員が駆け寄ってくるところだった。同期入社の加古川だ。

「良かった、まだ電車に乗ってなくて」

加古川はそう言うと、菫の腕を摑《つか》んで体を寄せてきた。その近さに怯《ひる》んで、逃げるように体を引くが、酔っぱらっているので足元が覚束ない。

逆に、体を支えるように腰に腕を回されてしまった。

「危ないなぁ。けっこう酔ってます？　お酒、弱いんですね」

「え、ええ……飲み慣れてなくて」

腰に回った腕をほどくように体をひねるが、意外にもがっちりと摑まれていて身動きできない。そういえば、飲み会の席で寄ってきた加古川を、牧原が壁になって追い払っていたのを思いだす。

もしかして、これはまずい状況なのだろうか。でも、まさか……自分みたいな面白味の

ない女に、なにかすることもないだろう。と、思いたい。

「前から野々宮さんと話したいと思ってたんですよね。飲み会ではあんまり話せなかったから、これからどうですか？」

「これからって……もう終電ですから」

愛想笑いでやんわりと断り、加古川の胸を押すが解放してもらえない。それどころか、ぐいっと腰を引かれ、地下鉄の出入り口に背を向けるかたちになる。

「終電逃してもタクシー使えば大丈夫ですよ。それか朝までいられるとこにいきましょう」

「え、えっ？　朝まで？」

二十四時間営業の飲み屋だろうか。

「俺、いいとこ知ってるんで、案内します」

「ちょっと待って、私まだ……」

いくなんて言っていないのに、加古川は菫の話など聞く気がないようで、ぐいぐいと腰を引いて歩きだす。それに引きずられるように、菫は再び夜の街に連れ戻された。

「あの、どこに……？　私、これ以上飲むのは無理です」

「無理なら飲まなくていいから。他に楽しいことしましょう」

見上げた加古川が、にやりと笑う。背筋がぞわっとした。

ついていっては駄目だ。そう思うのに、酔った体はいうことをきかない。加古川に引きずられるまま、賑《にぎ》やかな界隈《かいわい》から暗くて淫猥《いんわい》なネオンの灯る路地に連れこまれていく。

ホテルという文字があちこちに躍っている。鈍い菫でも、さすがにここがどういう場所かわかる。

「あの、加古川さん……私、こういうのはっ」

「こういうのって、なんですか？　もしかして、期待してます？　違いますよ、ただの通り道ですから」

嘲笑され、頬が熱くなる。

勘違いしていたのが恥ずかしい。けれど、加古川の言葉も信じられなかった。嘘《うそ》をついているに違いないが、また笑われるのが怖くてなにも言えずに委縮する。それが目的なのかもしれない。

どうしよう、怖い。

体が震え、涙で目が潤む。白瀬の顔がぱっと浮かび、無意識に助けを求めていた。けれど彼が助けにくるわけがない。

飲み会には白瀬もきていて、菫とは離れた場所に座り、同僚と話しながら飲んでいた。

こちらには見向きもせず、店をでた後も別々で、駅には向かわず同僚と夜の街に消えていった。飲み直すのだろうと、牧原は言っていた。

加古川の足が一軒のホテルに向かう。これが通り道なわけがない。

「あのっ……嫌です。私、そんなつもりじゃ」

恐怖で声が震えてか細くなる。加古川は聞こえないのか、無視してホテルを指さす。

「ここ、中で飲めるんですよ。ほんとに、なにもしませんから」

そんな言葉、信用できるわけがない。ホテルの前で足を踏ん張るが、ぐっと腰を強く引かれて連れこまれそうになった。その時、二人の間で着信音が鳴る。菫のスマートフォンではない。

「こんな時に……」

加古川は舌打ちし、胸ポケットからとりだしたスマートフォンを見て怪訝《けげん》な表情になる。切らないで、慌てて電話にでた。

「課長？　どうかされたんですか？」

白瀬からの電話だ。このタイミングでかかってくるなんて、と菫ははっと顔を上げる。

内容はわからないが、「はいはい」と返事をしてる加古川の顔がどんどん青ざめていく。緊急の用事なのだろう。菫を拘束する腕の力も緩まる。

「わかりました。すぐに社に戻ります。申し訳ございませんでした」

頭を下げる勢いで電話を切った加古川は、菫をあっさりと解放して踵《きびす》を返した。

「ごめん、会社に戻らないといけなくなったんで、ここで。一人で帰れますよね」

「え、ええ……」

「じゃ、急ぐんで失礼します」

さっきまでの絡みつくような強引さはどこへやら、もう菫には興味ないとでも言うように背を向け、もときた道を駆けていく。それを茫然として見送った。

「やっといったな」

「えっ！　か、課長っ？」

声がしたほうを向くと、加古川と電話していた白瀬が路地からでてきた。

「あいつは手癖が悪くて有名なんだ」

忌々しげに吐き捨てると、白瀬は菫の腕を摑んでホテルに入った。

「え、ちょっと……ここ」

「加古川とは入れても、私と入るのは嫌なのか？」

「え？　どういう意味ですか？」

わけがわからなくて問い返すが、白瀬からの返答はなく、ぐいぐいとホテルの奥へと連れていかれる。途中にタッチパネルがあり、白瀬がそれを操作した後、エレベーターに乗せられた。

加古川に連れこまれそうになった時はあんなに怖かったのに、今はなんともない。相手が白瀬だと思うと、無条件に安心しきっていた。ただ、なにを考えているのかわからない今の彼は、少し怖い。

恐る恐る隣に並ぶ白瀬を見上げた。

「あの……なにかトラブルがあったんじゃないんですか？」

「あいつを追い払うための嘘だ。それとも、加古川に抱かれてみたかったのか？」

白瀬が冷笑する。助けにきてくれたと思い、安堵《あんど》していた菫は、その視線にびくっと震えた。

「私より、あいつのほうが好みか？」

「え……なにを……」

エレベーターが目的の階に着き、腕を引かれて降ろされる。そのまま引っ張られながら廊下を進み、白瀬が開いたドアの中に連れこまれた。

部屋はホテルの地味な外観と反して、南国リゾート風のインテリアで、ゆったりとした広さがあった。オレンジ色の間接照明は、お互いの顔が見えるぐらいに光量を絞られ、甘いお香のような匂いがする。部屋の中央に置かれたダブルベッドには、薄いレースの天蓋がついていて、淫猥な空間をつくりだしていた。

菫がぼうっと部屋を見回していると、ぐいっと肩を摑まれ振り向かされる。暗い表情をした白瀬が、こちらを見下ろしていた。

「君が弱っている時に、たまたま傍にいたのが私だったから抱かれただけで、好かれていないのはわかっている。今の関係で、私が君の交際に口出しする権利がないというのもな」

白瀬はなにを言いたいのだろう。たしかにたまたま傍にいたのが白瀬だったというのはあるが、加古川に抱かれてもいいということにはならない。

「他の男に君が抱かれるのは面白くない」

低く暗い声が降ってくる。それに気圧された菫は、後ろに一歩下がった。

「あ、あの……加古川さんとはなにも……」

「そのわりには、抵抗もせずにここまで連れてこられたじゃないか。体を密着させて、まるで恋人みたいだったな」

「見てたんですか……いつから？」

迫ってくる白瀬から逃げるように数歩下がると、背中に壁があたった。

「駅前で声をかけられたところからだ」

それならなんで、もっと早くに助けてくれなかったのだろう。胸がきゅっと痛み、目に涙がにじんだ。

「加古川に誘われて、まんざらでもなかったんだろ」

伸びてきた白瀬の右手が、菫の顎《あご》を摑み、顔の横に左手をつく。

「私から、あいつに乗り換える気か？」

「そんなこと……っ」

すべて言い終える前に、唇を乱暴にふさがれた。肩にかけていたバッグが床に落ち、壁に押さえつけるように覆いかぶさられる。息苦しさに白瀬の胸を叩《たた》くが、それ以上身動きできなかった。

顎を摑む手の力は強くなり、痛みに喘《あえ》ぐと、唇の隙間から舌がすべりこんでくる。中を探るように侵入してきた舌は、菫の舌にねっとりと絡みついた。深くえぐるように口腔《こうくう》を舌で愛撫《あいぶ》される。飲み下せなかった唾液が口の端からしたたり、顎を濡《ぬ》らした。

いつもと違う、すべてを奪うような口づけに、息がうまくできなくて意識がぼうっとなる。このまま食べられてしまうのではないか。そんな錯覚をしてしまうほど、激情のこもった口づけだった。

「んんぅ、くるし……っ」

角度を変えて唇が重なる一瞬、そう訴えるが無視される。お互いのあふれる熱い息をのみこむように、再び口をふさがれた。

乱暴にブラウスのボタンをはずされ、スカートのファスナーを下ろされる。ばさり、と足元にスカートが落ち、無防備になった下半身に白瀬の手が伸びる。震える腹を撫で上げ、背中に回ってブラジャーのホックをはずした。

肩紐《ひも》が落ち、ブラジャーからこぼれた乳房を大きな手で荒々しく揉《も》みしだかれる。いつもより力が強い。けれど、肉を鷲掴《わしづか》みにするように揉まれると、痛いのに感じてしまう。乳首をきつくつままれても、同じように快感を拾って背筋が震えた。

まるで襲われてでもいるような状況に、体は興奮している。抱かれる悦びを知っているせいだ。

こんなふうに、白瀬から感情のままに抱かれるのは怖いのに、胸の奥が甘く疼《うず》いてしまう。脚の間が湿ってきて、ストッキングが蒸れてくる。

なんていやらしい体なんだろう。恥ずかしい。そう思うほど興奮は高まり、白瀬の腕の中で甘くとろける。

膝がかくんと折れ、壁伝いに体がずるずると落ちる。その途中で、脚の間に割って入っ

た白瀬の太ももの上に、跨《また》るようになって止まった。

恥部を筋肉質な太ももでこすられ、体がびくびくと震える。布越しの快感がじれったい。

「あぁぁんっ……いやぁ」

はずれた唇から、不満げな鼻にかかった声が漏れ、無意識に恥部を白瀬の脚にこすりつけるように腰を揺らしてしまう。

「こんなに濡らして、ズボンが台無しだ」

白瀬のからかうような声に見下ろすと、布地の色が変わっている。

「あ……ご、ごめんなさい」

羞恥で体がかあっと熱くなる。

「そんなに気持ちいいか？　こうやってこすられるのが」

意地悪な質問に返答できず、うつむいて唇を噛む。白瀬はそんな菫の頬を舐《な》め、耳孔に舌先を入れた。

「ひゃぁ！　いやぁッ……！」

舌先で、耳の中をねっとりと舐め回される。肩をすくめて逃げを打つが、舌は追いかけてきて耳朶を舐め、甘噛《が》みする。脚も、恥部をぐりぐりと刺激して菫を追いつめる。

快感で体が震える。蜜があふれ、腹の奥がきゅうっと切なく締めつけられて苦しい。もう立っているのもつらくて、すがるように白瀬にしがみつく。

「そうやって、加古川に抱きついてたな。自分を慰めてくれる相手なら、誰でもいいのか？」

憎々しげに吐き捨て、首筋を音を立てて吸われる。

今夜の白瀬は意地悪だ。さっきから言葉でも菫を追いつめる。

「ちがいます……あぁっ」

「なにが違うんだ？」

「私、嫌で……でも、酔ってて力が入らなくて」

「それが言い訳か？」

そうじゃない、と言おうとして、菫の体重を支えていた白瀬の脚がすっと抜け、乳首にしゃぶりつかれて声を失う。背筋が粟立《あわだ》つような淫《みだ》らな痺《しび》れに、息をのんだ。

「あっ、あぁ……だめぇ、もう立ってられない」

支えをなくした体がずり落ちそうになるのを、肩を壁に押しつけられ無理やり立たされる。

「しっかり立ってろ。まだ終わりじゃない」

「いやぁ、いじめないで……ください」

そう訴えるが、白瀬は無言で床に膝をつき、ストッキングを下着と一緒に引き下ろした。

「やっ、だめ……そんな、とこっ」

恥部に鼻を押しつけるようにして、襞《ひだ》と肉芽を舐められる。ぬるりとした感触と、腰を走るいやらしい刺激に菫は悲鳴を上げ、内股になった膝をがくがくと震わせた。

立っているのもつらいのに、白瀬は執拗《しつよう》に恥部を舐めしゃぶり、指で蜜口を広げていく。あっという間に、蜜と唾液で菫の脚の間は濡れそぼり、緩くなった入り口に指が侵入してくる。

「あぁっ、いれないでぇ……ッ」

膝の力がかくんと抜ける。よけいに指が深く中をえぐり、甘い痺れが背筋を貫く。指は容赦なく中をかき回しながら、抽送を続け、本数を増やしていった。

中を広げるように動く指に、嬌声《きょうせい》を漏らしながら腰をくねらせる。恥ずかしいと思うのに、快感を追いかけてしまう体を止められない。気持ちいい場所に指をこすりつけたい。

「この間までなにも知らなかった体なのに、いやらしいな」

浅ましい動きをしてしまう菫を、白瀬が揶揄《やゆ》する。その言葉にさえ体は感じて、蜜をしたたらせる。

「だって、仕方ないじゃないですか」

自分でもはしたないと思うが、悔しくて唇を尖《とが》らせて言い返す。

「こんなふうにしたのは、課長です……んっ、あぁいやぁンッ」

言い終わると同時に、指が中を深々とえぐり、肉芽をしゃぶられる。急に押し寄せてきた強い快感に体がびくんと跳ね、熱が弾けた。

あっけなくいかされた菫は、甘い余韻に身を震わせながら、壁伝いに腰を落とす。もう立っているのは無理だった。

その体を、白瀬が軽々と抱き上げ、ベッドに仰向けに下ろす。膝で止まっていたストッキングとショーツを脱がし、足に引っかかっていたパンプスをベッドの下に放った。

「よくも、あおってくれたな」

覆いかぶさってきた白瀬の目が、欲望に濡れている。その獣のような視線に見据えられ、菫の体が淫らに火照る。

「覚悟しろ」

低い唸《うな》るような声が、菫の唇にぶつかり、キスされる。大きく割り開かれた脚の間に、硬くなった男のものがあたった。

「ンッ……あぁぁっ、いやぁ」

切っ先が蜜口を押し広げながら、中にずぶずぶと入ってくる。それだけでもう、体の芯が痺れるような感じがした。

最奥まで深々と刺し貫かれると、小さな絶頂の波がやってきて、菫は身をよじって喘いだ。その敏感になった体を、白瀬が思うままに揺さぶり、突き上げる。

一度達した体は、癖になったように何度も上りつめ熱を弾けさせ、菫を翻弄する。快楽の波に突き落とされ、溺れ、なにも考えられなくなっていく。

そんな菫の耳に、白瀬の苦しそうな声が届いた。

「菫……もう、君を他の男になんてやれない」

まるですがりつくように強く抱きしめられ、深く中で繋《つな》がる。快楽に溺れた菫は、白瀬の言葉の意味をとらえることができなかった。

背中に腕を回し、返事の代わりにぎゅっとしがみついた。

act.6

「今度、ここのカフェでランチしません？」

「え、ええ……素敵ね」

社員旅行にいく新幹線で、隣の席に座った牧原がスマートフォンの画面を見せてくる。窓側の席で、ぼうっと景色を眺めていた菫は瞬きして、彼女の手元をのぞいた。

口コミの載っているグルメサイトだった。紹介されているカフェは、会社の近くにあり、価格もお手頃で、投稿されている写真も美味しそうだ。評価も高い。

「でも、混まない？」

「予約できるから大丈夫ですよ。それにけっこう席数あるみたいだし」

牧原は店のページをスクロールさせ、予約画面を開く。「来週の木曜なんてどうです？」と早くも予定を入れようとしている。

断る理由もないので菫がＯＫすると、牧原は喜々として予約を入れる。

最近、彼女とよくしゃべるようになった。飲み会がきっかけになったのだろう。同じ部署で、昼休憩も同じタイミングになりやすいことから、ランチも一緒にいくようになっていた。

友達や知り合いの多い牧原だが、今まで昼ご飯は一人でいっていたそうだ。菫はこの間まで弁当持参だったので、誘えなかったらしい。

白瀬の邸に厄介になるようになってから、弁当はつくっていない。よその家のキッチンは使いにくいし、今まであまり外食をしたことがなかったので、毎日違う店で昼ご飯をとるのは楽しかった。

なので牧原からの誘いは、最初は驚いたものの今はとても楽しい時間になっている。彼女が教えてくれる店は、どこも美味しくて安い。

そんな昼休憩は、だいたい菫と牧原の二人きりで、たまに牧原の友人が加わる。人見知りな菫は始め緊張したが、今はずいぶん慣れてきて、知らない人が加わってもリラックスしていられるようになった。いろいろ気遣ってくれる牧原のおかげだろう。

予約がとれたと喜ぶ牧原に微笑み返しながら、ふと、これが白瀬に勧められた適度な距離の友人だろうかと考える。

まだ友達と言うにはよそよそしいが、話していて楽しくて、お互いに不快になることもない。大人らしい距離感を持って付き合えていると思う。

牧原とは昼休憩だけでなく、会社が終わってから一緒に買い物をすることもある。この間はバーゲンにいき、帰りに居酒屋で食事をして帰った。

そして牧原やそれ以外の女性の同僚との仲が深まるにつれ、白瀬とのデートは減っていった。というか、この間のホテルでの一件以来、彼との仲が少しぎくしゃくし始めていた。

邸で顔を合わせてはいるが、会話は減っている。ホテルで抱かれてから、体を重ねてもいない。もう二週間になるだろうか。

「あー、もうあそこ飲んでる。ちょっと騒がしいし」

牧原が顔をしかめ、他の乗客に迷惑をかけないかと心配する。

二人が座る席から三列ほど前、座席を回転させ、何席かボックス席にしている。そこで男性社員がお酒とおつまみを広げ、早くも宴会状態になっていた。

もう顔が赤い者もいて、ご機嫌な様子だ。宿泊先の旅館に着く前に、出来上ってしまうのではないだろうか。

「あ、課長も交ざってる」

牧原の声に反応して、首を伸ばす。奥の窓側の席に、白瀬は座っていた。相変わらずの仏頂面で、酔っている気配は微塵《みじん》もない。けれど、それなりに場を楽しんでいるようだった。

「ああいうの嫌そうなのに、けっこう付き合いいいですよねー。なんかあった時に、ストッパー役になるためにいるんでしょうけど」

「そ、そうね」

「課長って、怖そうでなに考えてるのわからない感じだけど、根は優しくて、信頼できる人ですよね」

牧原の指摘になぜかどきっとし、適当に相槌《あいづち》を返す。

いつも素っ気ない態度の白瀬だが、意外にも社交的だったりする。部下の面倒見はいいし、上司との酒の席も嫌がらない。同僚の悪ふざけにも、羽目をはずさない範囲なら目をつぶる。

ただ、厳しいところがあるので、甘えを許されたいタイプの女性社員からは人気がない。あの仏頂面で、無闇に怖がられているところもある。

そういう白瀬の誤解を受ける面を、牧原はきちんと理解しているようだ。

なぜか胸がもやもやする。白瀬と関係を持つまで、彼のそういう面を知らなかったことが急に悔しくなる。白瀬とは上司と部下という関係だけなのに、牧原にはなぜわかるのだろう。

もしかして、過去に付き合っていたとか……？

ふと浮かんだ妄想に、胃のあたりがすうっと冷える。牧原と白瀬ならお似合いだろう。そういう関係があったとしても不思議ではない。

聞いてみようか、どうしようか。迷っているうちに、彼女が答えを口にした。

「私、課長のことけっこういいなって思うんですよ」

横を見ると、牧原が白瀬のほうを見つめて頬をほんのり上気させている。恋をしている目だった。

付き合っていなかったことに安堵《あんど》しつつも、胸にたちこめる霧は晴れなかった。むしろ濃くなってくる。

それどころか、体の関係だけもっていることに罪悪感をおぼえた。彼女の純粋な恋心を、自分が汚しているような気がした。

「あれ、野々宮さん？　大丈夫？」

「え？　どうかした……？」

「顔、真っ青ですよ」

牧原が心配そうにのぞきこんでくる。

「あ……ちょっと気分悪いかも」

「乗り物酔いですね。私、薬持ってる」

すかさずポーチから酔い止めをとりだした牧原に礼を言い、菫はそれを飲んで眠ることにした。甲斐甲斐《かいがい》しくシートを倒してくれる彼女に、とても申し訳ない気持ちになりながら、薬のおかげですぐに眠りに落ちた。

目的の駅に着く頃には、なんとか持ち直し、無料送迎バスで温泉旅館に到着した。その後は、割り振られた部屋に荷物を置いて各自自由時間だった。二泊三日の旅行は、二日目から団体で観光があるが、比較的、自由時間の多い予定となっている。

菫にとっては初めての社員旅行だった。これもまた亡き父の考えで、参加を許されていなかった。社員旅行なのに、嫁入り前に異性と外泊するなんてあり得ないと言っていた。菫も仲の良い社員がいるわけでもなかったので、参加できなくても特に不満はなかった。けれど今回は、牧原がいる。彼女に誘われたから、申し込みぎりぎりだったが、社員旅行に参加することにした。

部屋は、牧原と最近話すことの多くなった女性社員との四人部屋。荷物を置いてから、同室の彼女たちと、牧原の知り合いが加わって観光にいくことになった。中には男性社員もいたが、飲み会で絡んできたようなタイプの男性はいなくてほっとした。

牧原が言うには、軽々しく女性に手をだそうとするようなタイプは誘っていないらしい。

彼女の人選というか、人柄なのか、集まっているのは性格が穏やかで、ほど良い距離感を持ってくれる人たちだった。

　おかげで菫は初対面の相手とも楽しく交流しながら、観光ができた。旅館に帰ってきてからは牧原と温泉を楽しみ、夕食の時間となった。宴会場での夕食は、お酒も入って賑《にぎ》やかなものだった。菫は前回の飲み会での失敗もあり、少し飲むだけにとどめておいた。

　牧原はというと、笑顔でお酌をして回っている。新人や女子だからお酌をしろという社風はなく、むしろパワハラやセクハラとして問題になる会社である。彼女は好きでやっているのだろう。楽しそうに談笑している。

　ああいう社交的でそつのない面は、菫の憧れだ。やっぱり牧原は、明るくて賢い素敵な女性である。

　白瀬とつり合いもとれるだろう……。

　落ち着いていた胸のもやもやが再び濃くなってくる。

　ふと、白瀬はどこにいるのだろうと、宴会場を見回す。隅のほうで静かに飲んでいる姿があった。今日は一度も話していない。声をかけるチャンスかもしれない、と腰を浮かせた。

　だが、そんな菫の視界を、牧原が横切っていった。彼女が、笑顔で白瀬に声をかけてお酌をする。白瀬の表情も和らぎ、二人でなにやら穏やかに話し始める。牧原もさっきまでのテンションの高さはなく、じっと白瀬を見つめながら控え目な受け答えをしていて、なんだかいじらしい。

あんな可愛らしい彼女を見るのは初めてで、恋を応援してあげたい気持ちと、それを好ましく思わない気持ちの板挟みに菫は顔をゆがめた。時折、彼女を見つめて微笑む白瀬を見ているのもつらい。

菫はそっと席を立ち、誰にも言わずに部屋に戻った。

二人の睦まじい姿を見ているのが耐えられず、菫は現実から逃れるように先に寝入ってしまった。けれど、戻ってきた牧原や同室の女性たちの物音で、目を覚ました。

布団から身を起こすと、小声で話していた牧原たちがこちらを振り返る。

「あ、ごめんなさい。起こしちゃった?」

「……ううん、大丈夫。酔いが醒めただけだから」

苦笑すると、広縁のソファで話していた彼女たちが、布団に移動してきた。

「今ねぇ、この子の彼氏の話、してたんだ」

同室女性が、もう一人の女性を指さして言う。

みんないい感じに酔っぱらっているのか、くだけた口調とふわふわした雰囲気だ。少人数で個室、夜というのも加わって、プライベートな会話になっているようだった。菫が不得意とする空気だ。

「それでね、牧原さんは今はフリーなんだって」

「意外よねぇ。モテそうなのに」

「そんなことないです。私、モテないしー」

牧原があははと笑って、同室女性の肩を叩《たた》く。

「じゃあ、好きな人は？」

「えー……」

探るような質問に、牧原は視線をそらし、首を傾げて言葉をにごす。完全な拒絶ではなく、聞いてほしいという雰囲気だ。空気を読んだ同室女性が、肩で牧原をつついて「どうなのよ？」と答えをせっつく。

菫の心臓の鼓動が速くなる。聞きたくなかった。

「実は……白瀬課長のことが気になってて……」

恥ずかしそうにうつむいた牧原の答えに、胸がえぐられるように痛む。こみ上げてくる罪悪感で息が苦しい。

「えー白瀬課長ねぇ。まあ、悪くないけど」

「あの人、ちょっと怖いよね。イケメンなのにもったいないっていうか」

同室女性たちが口々に好き勝手なことを言う。牧原は、そんなことはないと必死に白瀬の良さを語りだす。それをまた冷やかされ、彼女は赤くなった頬を押さえて可愛らしくむくれた。

「牧原さんと課長かぁ。応援するよ」

「私も～。協力するから、頑張ってね」

無責任だけれど温かい言葉に、牧原が照れくさそうに「ありがとう」と返す。菫もなにか言わないといけないような気分になり、口を開いた。

「……私も応援するね」

言ってすぐに後悔した。白瀬と付き合ってはいないが、体の関係がある状態で応援するのは、彼女を裏切っているようなものだ。

嬉《うれ》しそうにお礼を言い微笑む牧原を見ていると、心苦しくて胸が押しつぶされるようだった。早くこんな会話は終わってしまえばいい、そう思っているとこちらに話を振られてしまった。

「野々宮さんは、付き合ってる人とか好きな人はいないの？」

その場のノリの軽い質問だ。正直に答える必要もないし、答えたくなければ流してもいい。そうしても空気が悪くならない人たちだ。

そうとわかっていても、菫は緊張した。

「それ、私も気になる」

牧原が身を乗りだす。興味津々な様子だが、適当ににごしても彼女なら空気を読んで、菫の居心地が悪くならないよう取り計らってくれるだろう。

それなのに、緊張していた菫は、白瀬との関係を隠さなくてはという思いから、口をすべらせた。

「実は……婚約者がいたんだけど、こないだ結婚が破談になったの」

一瞬で空気が凍りつく。まずいと思った菫は、笑って続けた。

「でも、気にしないで。もう、ふっきれてるから」

そう言ってみると、胸の内にもう失恋の痛みがないことに気づく。涙もでてきそうにない。これもきっと白瀬のおかげだろう。

「えっと、なんか……他に彼女がずっといたみたいでね、そっちが本命だったの」

「なにそれ、ひどーい！」

「二股かけてたってこと？　最低！」

「浮気じゃないですか」

菫の雰囲気があまり暗くないと判断すると、彼女たちはわっと盛り上がった。

「でも、彼ばっかりが悪いわけじゃないから」

苦笑しつつ、父親の圧力があっての婚約だったことなどを話す。それでもひどいと、彼女たちは口々に菫の元婚約者をなじった。

「他に好きな人がいるなら、親の立場とか考えないで断るべきよ。その本命彼女にだって失礼じゃない」

「そうそう。婚約を断れないなら、そこはすぱっと本命彼女とは別れるとかしなきゃ」

「美味しいとこどりですよねー。全員にいい顔したいだけ。卑怯《ひきょう》です！」

「そ、そうかな……」

一人で悩んでいると、自分を責めてばかりいたが、そういう見方もあるのかと感心する。彼女たちに話して良かったのかもしれない。菫の中にあった自分を責める気持ちが薄らいでくる。

「そうかなじゃなくて、そうなんです！　野々宮さんは、お人好しすぎます。もっと怒ったり、恨んだりしていいんですよ！」

憤慨する牧原に、思わず苦笑する。菫のことなのに、こんなに真剣になって怒ってくれて嬉しかった。そのぶん、白瀬との関係が申し訳なくなる。

「そうね……私、自分が悪いから彼を責めちゃいけない、恨んじゃいけないって思ってたわ」

「このことで野々宮さんに落ち度なんてないです。落ち度があったとしても、誰かに愚痴ったりする権利はありますよ」

そう熱弁され、なにかがふっきれた。

菫は、ぽつりぽつりと悲しかったことや悔しかったことを話す。それに彼女たちが同情し、慰めてくれる。

まさか自分が、ここまでプライベートな内容を、そこまで親しくない他人に話せるとは思わなかった。けれど言ってしまうと、なんだか気持ちがすっきりした。

もう、言ってしまってもいいぐらい、このことは菫の中で消化され軽い出来事になっているのだろう。笑い話にはならないまでも、話して泣きだすほどでもない。ただ、そういう事実があったと受け止められるようになっていた。そして不満を吐き出すことで、立ち直っていく自分を感じられた。

ヒカリ以外にこんなふうに愚痴ったのは初めてだったが、みんな嫌な顔もしないで共感し受け止めてくれる。安心感があった。そうやって愚痴に付き合ってもらっているうちに、ほんの少しの心のしこりさえ消えていった。

ただ、白瀬との関係という問題だけを残して……。


二日目の自由時間は、夕方から夕食の時間までだった。

牧原たちは旅館周辺の外湯巡りとお土産を見にいこうと誘ってくれたが、菫はそれを断って旅館に残った。彼女たちと行動するのは楽しかったが、そろそろ一人になりたかった。他人とずっと一緒に行動し、寝る部屋も一緒というのが久しぶりで、少し疲れてしまったのだ。

それから、昨夜のことをヒカリにメールで報告したいと思った。白瀬が気軽な友達をつくるのを勧めてきたのと同じように、ヒカリも菫に、女友達をつくるよう以前から言っていたのだ。中学時代のイジメ以来、相手と壁をつくるようになってしまった菫をずっと心配している。

誰もいなくなった部屋の広縁で、菫はソファに座ってスマートフォンのメール作成画面を立ち上げた。

中学三年生の終わりに起きたイジメは、ヒカリの励ましと手助けで早急に終息したと言える。

彼女は、母を亡くしたばかりの菫を心配してかけた電話でイジメのことを知ると、すぐにそっちにいくと言った。親の転勤で海外に住んでいるのに、なにを言っているのだろうと、切れた携帯電話を握って茫然《ぼうぜん》としたのをおぼえている。イジメで卑屈になっていた菫は、きっと自分の暗い話が聞きたくなくて、適当なことを言って切ったのだと泣いた。

だがなんと、ヒカリは次の日には日本に着いていて、菫の家に押しかけてきた。突然くるとは失礼だと憤慨する父を押しのけ、震えて泣くだけの菫に何日も寄り添って、頭を撫《な》でながら話を聞いてくれた。そして勇気がない自分に代わって、イジメや裸の写真を撮られて脅されていると父に伝えてくれた。

その後は、父が学校に乗りこみ、イジメをしていた女生徒は写真で脅していた事実もあり、悪質とみなされ退学になった。また、裸の写真はすぐに処分され、外に出回ることもなく、菫は無事に高等部に上がれた。

けれど心に傷を負った菫は、人と壁をつくるようになり、再びイジメが起きたりはしなかったがクラスで孤立していった。中等部でのイジメを重く受け止めていた学校側は、その現状の打開策として生徒会に入ることを菫に勧めた。生徒会は立候補制の会長以外は指名制で、教師の推薦と生徒会の承認があれば役員になれたのだ。

人と関わることが苦痛となっていた菫だったが、生徒会の仕事だと思うと、同級生らと話すのも苦ではなかった。事務的な人間関係ならば、警戒も緊張もせずに相手と接することができた。

周りの勧めで嫌々なった生徒会役員だったが、そのおかげで菫はクラスから完全に孤立せずにいられた。ただ、友人はつくれなかった。そして生徒会の仕事の縁で、元婚約者の圭介と出会った。

過去をいろいろ思いだしながら、菫はヒカリにメールを書いた。

あの頃は、ヒカリ以外に友達なんてもういらないと思っていた。圭介と恋人になり婚約できてからは、ますますその傾向が強くなった。親友と婚約者がいれば、他の人間関係なんて必要ないと思っていたが、それは二人に依存していただけだと今ならわかる。

きっと圭介は、そんな菫がとても重かったに違いない。だからヒカリは、依存する菫を心配して他にも友達をつくれと言っていたのだ。

メールには牧原たちと仲良くなったこと、結婚が破談になったのを愚痴ったら、ふっきれているのに気づいたことを綴《つづ》った。親密ではないけれど、ほど良く距離を持った友人関係をつくれそうだと最後に書いて、メールを送信した。

このメールを読んで、ヒカリはどう思うだろう。ずっと心配をかけ、支えてもらってきたので、少しでも安心させられたらいい。

メールを送信し終わった菫は、一人で旅館の大浴場にいくことにした。昨日はみんなでわいわいと浸かったので、一人でゆっくりと楽しんでみたかったのだ。

それにこの時間なら、入っている人も少ないだろう。のんびりと露天風呂に浸かれるに違いないと、菫は荷物をまとめ浴衣に着替える。コンタクトははずし、眼鏡をかけて部屋をでた。

旅館の大浴場は、広い庭の中に建っている別館にある。そこには内風呂と露天風呂、予約制の貸し切り露天風呂があった。

青々とした草の香りがする庭の石園路を歩き、菫は別館にたどり着いた。女湯に向かう途中に、貸し切り露天風呂がある。そこに竹製のベンチがあり、男性がこちらに背を向けて腰かけていた。

「あれ、課長……？」

見覚えのある背中だった。寄っていくとたしかに白瀬で、手元のスマートフォンに視線を落としている。なにを真剣に見ているのか、こちらにはまったく気づいていなかった。

菫はそっとその背後に歩み寄る。斜め横から見た白瀬の表情は柔らかく、たまにふっと微笑みをこぼす。スマートフォンに視線を移すと、内容は見えなかったがメールを読んでいるようだった。

誰からのメールだろう。牧原の名前が浮かんで、菫の胸が不穏にざわついた。

相手が気になって、つい身を乗りだす。白瀬の手元が陰り、はっとしたようにこちらを振り返った。

「……君か。盗み見とはいい度胸だな」

スマートフォンを浴衣の袂《たもと》にしまった白瀬が、不敵な笑みを浮かべた。

「あ……ご、ごめんなさい！　そんなつもりじゃ……」

悪いことをしたという自覚のある菫は、さあっと青ざめ、慌てて頭を下げる。ベンチから立ち上がる気配がして、白瀬がこちらを見下ろしている。怖くて顔を上げられなかった。

「まあいい。ちょっとこっちにこい」

「えっ、なんですか？」

腰を抱かれるようにして、貸し切り露天風呂の玄関に連れていかれる。白瀬は格子戸に鍵を差しこんで開くと、菫を中に引きずりこんだ。

「ここって……入っていいんですか？」

「ゆっくり温泉を楽しみたかったからな、予約したんだ」

下駄を脱いで上がった貸し切り露天風呂内は、板張りの脱衣所と露天風呂とで構成されていた。脱衣所は広く、大きな鏡のある洗面台に、休憩用の籐《とう》の寝椅子もある。ガラス張りのドアの向こうに見える露天風呂は、檜《ひのき》の浴槽だった。

「わぁ……景色も綺麗《きれい》ですね」

ガラス越しに、夕焼けと金色に輝く雲が見え、開放感があった。

「一緒に入るか？」

ガラスに張りつくように外を眺めていた菫は、耳元でした声に驚いて肩越しに振り返る。

いつの間にか白瀬が背後に立っていて、腰に腕を回してきた。

不意打ちに心臓が跳ねる。性的なものを含んだ声と手つきに、体が熱くなってくる。

最近、白瀬と体を重ねていなかったせいなのか、変に意識してしまう。それに、たくさん抱かれてはいても、一緒にお風呂に入ったことはまだなかった。

想像するとても恥ずかしい。裸は散々見られているが、洗っている姿を見られるのはなんだか嫌だ。間抜けな感じがするからだろう。

「えっと、そ、それは……嫌ですっ！」

菫はとっさに断ってしまったが、言ってから後悔した。笑顔だが、白瀬の空気が不穏に凍りつく。

「そうか。嫌か……もう私は用済みということか」

菫の腰に回った腕の力が強くなった。にじり寄ってくる白瀬とガラス戸の間に挟まれ、だんだん苦しくなってくる。

「あの、用済みとかそういう意味では……」

「いろいろ相談できる友達もできたみたいで、良かったじゃないか。一緒にでかけるようにもなって、楽しそうだな」

なんとなく声に棘《とげ》がある。なぜ、責められるのだろう。女友達をつくるのを勧めたのは白瀬なのに。

振り仰いだ彼は、苛立たしげな顔つきだ。

「昨日、観光した時には男も混じってたそうだな。で、今日の団体行動の時は、またそいつらと仲良くしていたのを見たぞ」

「え……よく知ってますね」

忌々しげに言い放った白瀬に、少しだけ引く。ここ二日、彼とまともに話してはいない上に、見られていた自覚もなかったからだ。

そんな菫の心情を読み取ったのか、白瀬がむっとしたような表情になった。

「たまたま耳に入ってきただけだ。別に調べていたわけじゃない」

「はあ、そうですか……」

「今日のことだって、見たくて見たわけじゃない。君たちの近くにたまたまいただけで、やましい気持ちはないんだ」

「はい、わかってるので大丈夫です」

信じてます、と苦笑を返す。

そんなに否定しなくても、白瀬が菫にストーキングまがいの行為をするわけがない。なのに躍起になって言い訳するのは、どうしてだろう。

菫は眉根を寄せ、白瀬とガラス戸の間でうつむく。

体だけの関係で、白瀬に好かれていると勘違いするなと言いたいのだろうか。言葉に棘があったような気がしただけで、牧原たちと仲良くなったことを責めていたのではなく、良かったなという意味だったのかもしれない。それなら話の筋も通る。

白瀬はいつも不機嫌そうなので、菫が空気を読み間違えたのだろう。

「あの……今まで本当に、ありがとうございました」

「なんだ、急に改まって？」

二人の間に恋愛感情はなくても、抱かれることで菫は慰められてきた。女性としての自信を持てるようになった。すべては白瀬のおかげだ。

だからこそ、こんな関係をだらだらと続けるのは良くない。真剣に白瀬を想っている牧原にも悪い。そろそろ清算したほうがいいのではないだろうか。

「課長にはいろいろお世話になりっぱなしで、体の関係まで持っていただいて、おかげでだいぶ精神的に安定しました。すごく慰められました」

菫は言葉を選びながら、丁寧に精一杯のお礼を言ったつもりだった。

「おい、その言い方だと、君が私の体目当てでみたいではないか。私が弄ばれていたということか?」

暗い声に、はっとする。

たしかにそうとも受けとれる。男のプライドを傷つけてしまったのだろうか。

「あ……すみません。そういうことでは……」

慌てて謝罪を口にするが、白瀬はショックだったのか、大きな溜《た》め息をついて、だんっとガラス戸に手をつき、頭も打ちつける。ますますガラス戸と白瀬の間に挟まれ、菫は苦しくなった。

しばらくして、白瀬が唸《うな》るように言葉を漏らした。

「私は、君にとって都合のいい男になりたくない」

なんだろう。なにかおかしい。

菫に白瀬を弄ぶ度量はないのに、そういう展開の台詞だ。

「あ、あの……」

なにか言わなくては。白瀬に感謝しているると伝えたいだけなのだと。

けれど、言葉が見つからない。

「それと君には私の子供を産んでもらう約束だ。それを忘れてもらっては困る」

そういえばそうだった。菫の気がすんだから、関係を清算するというわけにはいかなかった。

「もう、君の意見を聞くのはやめた」

その声とともに、しゅっと音がして浴衣の帯がほどけた。前がはだけ、無防備な姿になる。慌てて胸元をかき合わせようとする手を掴まえられ、浴衣とブラジャーを強引に脱がされた。

「や、いやっ……！」

白瀬は抵抗する菫の両手首を胸の前でひとまとめにし、帯で縛った。

「やだ、なにこれっ？」

あせる菫を無視して、白瀬も浴衣と下着を脱ぐ。その間に、菫はなんとかしてほどこうと、帯に嚙《か》みついて引っ張った。ところが、どういう結び方をしたのか、帯は緩むどころか、手首を動かすほど締まっていく。

「あんまり動かすと、どんどんきつくなるぞ」

「そんな、どうして？」

青ざめる菫を、白瀬は鼻先で笑ってその場にしゃがむ。同時に、ショーツを足首まで一気に下ろした。

「や、やめてくださいっ」

「ほら、足を上げろ。上げないなら、このまま温泉に入れるぞ。濡《ぬ》れて、帰りにはく下着がなくなるな」

それはそれで楽しそうだと言われ、菫は慌てて足を上げた。脱がされたショーツが、浴衣と一緒に、脱衣所の床に放り投げられる。眼鏡はしたままだった。

「お願いですから、ほどいてくださいっ」

縛られた手首をつきだすと、白瀬は無言で帯に触れ、なにをどうしたのか締めつけを緩めてくれた。おかげで動かしても締まってくることはなくなったが、ほどける気配もまったくない。

「さあ、露天風呂を楽しもうか」

目の前のガラス戸が開く。木々の清々しい香りと、新鮮な空気が肌を撫でた。

「課長っ、こんなの嫌です」

「あんまり大声をだすと、大浴場の露天にまで聞こえるぞ。うちの社員がいたらどうするんだ」

　楽し気に脅され、菫は口をつぐむしかなかった。

　白瀬は菫を抱えるようにして洗い場へ向かい、バスチェアに座らせた。

「洗ってやる」

「ええっ？　け、けっこうです！」

　拒否したが、ボディーソープを手にした白瀬に、後ろから抱きしめるようにして脇から乳房を撫でられる。

「ひゃんッ……！　いやぁっ」

　思ったより響きわたった嬌声《きょうせい》に驚き、菫は縛られた両手で口をふさいだ。

「だから、声をだすと聞こえると言っただろう」

「そう言うなら、やめ……あぁ、ンッ！」

　菫はとっさに口をふさぐ。

　ボディーソープのぬめりを借りた手が、乳房を揉《も》みしだく。乳首もソープを塗りこむように弄ばれ、あっという間に赤く硬くなった。

　まだ泡立っていないソープはぬめぬめしていて、普通に愛撫《あいぶ》されるのとは違った淫猥《いんわい》なくすぐったさに、体の奥が濡れてくる。ぬちゅぬちゅといういやらしい音もして、耳からも犯されていく。

菫は漏れそうになる声を、帯を噛んでこらえる。それを嘲笑うように、乳房を嬲《なぶ》っていた手が腹を撫で下ろして、脚の間にぬるりと忍びこんだ。

ソープのついた指先が、肉芽と襞《ひだ》の上をすべる。胸への愛撫で蜜をしたたらせていたそこは、ソープのぬめりも混じり、いつも以上にぬるぬるし濡れた音をさせる。

すべるような愛撫はくすぐったくて、こすれる感覚がないせいで少し物足りない。そのじれったさが体を淫らに火照らせる。もどかしさが、菫の羞恥心をぐずぐずと溶かしていく。もっと強い刺激がほしいと身をよじり、悪戯する指に恥部を押しつけるように動いてしまう。少しでも肉芽に指が強くあたると、甘い息がこぼれ、背筋が震えた。

もっと、もっとぐちゃぐちゃにかき回してほしい。それしか考えられなくなっていた菫の耳に、白瀬の艶めいた声が響いた。

「いやらしい格好だな。前を見てみろ」

言われるままに、菫は顔を上げた。露天のせいで曇っていない鏡に、自分が写っている。

いつの間にか膝はだらしなく開き、菫は白瀬の胸に背をもたせかけ、愛撫されやすいように腰をつきだしていた。眼鏡をかけたままだったせいで、肉芽や襞、その奥までよく見える。

あまりの光景に目を見開き、動けない。すると白瀬の指が襞の下へすべり、蜜口の中を見せつけるように開く。入り口が痙攣《けいれん》し、赤い内壁からとろりと蜜がしたたり落ちた。

「ここもこんなにヒクつかせて、もう、ほしいのか？」

「あっ、いやぁッ」

慌てて脚を閉じようとするが、蜜口を広げていた指が中に入ってきた。それも三本一緒に、ソープと蜜のぬめりを借りて、深々と中をえぐる。

菫は甘い悲鳴を上げ、閉じかけた膝をびくびくと痙攣させる。一気に刺し貫かれた衝撃に、中が激しくひくついている。蜜口をきゅっとすぼませ、内壁を指に絡みつかせ、奥へと誘うように動く。

その動きに逆らうように、指が抜けていく。締まっていた蜜口は指にこすられ、甘い痺《しび》れを体中にまき散らす。

ぎりぎりまで引いた指が、また一気に中に押しこまれた。体の芯を揺さぶるように快感が走っていく。全身がびくびくと跳ね、もう声を抑えられない。

「はぁ、あぁぁ……ああ、だめぇ。光一さんっ、やめてぇ」

内壁をかき回しながら、指がでたり入ったりを繰り返す。その動きに合わせ、もう片方の手で肉芽や襞を執拗《しつよう》に嬲られる。

「あぁぁっ、もう……ッ」

感じる場所を指で深々とえぐられ、肉芽を指先できゅっとつねられる。甘い衝撃に眩暈《めまい》がして、一気に絶頂へと押しやられた。

蜜口が指をきつく締め上げ、腹の奥で弾けた熱が散っていく。達した余韻で脚が痺れ、がっくりと力が抜けた。痙攣しながら緩んでいく蜜口から指が引き抜かれると、蜜がとろとろとあふれでた。

「さて、今度は綺麗に洗い流そうか」

白瀬に後ろから抱きかかえられ、陶然としていた菫は、唐突にシャワーをかけられ驚いた。

「きゃぁ……！　いやっ、なにこれ……あぁぁっンッ」

シャワーのお湯は温かくて、なにもおかしなところはない。けれど、ボディーソープの愛撫で過敏になった肌に、シャワーから勢いよくでてくるお湯は刺激的だった。

白瀬は、ぬめる肌を撫でながら、泡立ってくるソープを洗い流す。敏感な乳首や恥部に、わざとシャワーをあててくる。

「あぁっ、やめっ……やめてッ」

「洗ってるだけだろう。邪魔するな」

体をよじり抵抗する菫を、白瀬は楽しそうに押さえこみ、シャワーをかける。そのせいで再び高みへと押しやられ、達することになった。そうやってすべて洗い流された頃には、息も絶え絶えでぐったりとして、指先をぴくりとも動かせないような状態だった。

白瀬は、力の入らない菫から眼鏡をはずし、腕を拘束していた帯をほどく。だらりと落ちた腕を、自分の首に回すようにして菫を横抱きにし、温泉に入った。

達したばかりで、まだ火照りの残っている体に、温泉は少し熱く感じた。けれど、じんわりと染みわたる気持ち良さもあり、菫はほっと体から力を抜く。

「菫……寝かせてあげたいところだが、これからだ」

目を閉じてうとうとし始めていた菫は、横抱きにされていた脚を持ち上げられて意識が戻った。

「……え？　これは？」

脚を大きく開き、白瀬と向かい合うように、その膝の上に座らされていた。

「まだ終わってないだろう」

白瀬はそう言うと、菫の腰を抱き寄せ唇を重ねる。密着した二人の間には、硬くそそり立ったものがある。それが腹にあたり、菫は緊張した。達して散ってしまった熱が、また集まってくる。

絶頂は迎えたが、存分に満たされていなかった中がびくんと震える。蜜口がひくつき、内壁が熱をおびてとろけてくる。

「腰を浮かせろ」

口づけの合間にそう告げられ、菫は言われるままに腰を浮かす。蜜口に硬いものがあたった。

「ンッ……あぁぁ、だめぇ……！」

一気に男のものが入ってくる。散々いかされ柔らかくなっていた中は、震えながらそれを受け入れ、全身を甘く痺れさせた。

「あっ、あぁっ待ってェッ」

最奥まで満たされ、淫猥な余韻に浸っている体を揺さぶられる。もう少しこのまま、落ち着くまで待っていてほしいのに、白瀬が容赦なく下から突き上げる。浮力で浮いた腰が沈み、最奥まで硬い熱でえぐられるのを繰り返す。

体の芯を甘く痺れさせる快感に、声がどんどん高くなっていく。誰かに聞かれてしまうかもと思うのに、何度も激しく突かれているうちに気持ち良さが強くなり、理性がとろけてなにも考えられなくなった。

「菫、声を抑えろ」

「はぁンッ、あああぁ……でもぉ、だめぇッ」

白瀬が無理なことを言う。抑えてほしいなら、そんなに強く刺激しないでほしい。けれど攻める手を緩めたりはせず、白瀬は喘《あえ》ぎ声ごと菫の唇をキスでふさいだ。頭を抱えるように抱き寄せられ、深く唇を重ねられる。口腔《こうくう》に入ってきた舌が、嬌声を絡めとり飲みこむ。

声が響かなくなった代わりに、二人の間で湯船がちゃぷちゃぷと激しく揺れて音をたてた。湯船がつくる波に肌がくすぐられる。微かな刺激なのに、何度も撫でられているうちにじれったさが寄り集まって、大きな快感になる。産毛が逆立つような甘い痺れが肌の上を駆け抜け、中をこすりあげる雄をきつく締めつけた。

内壁が痙攣し、欲望に絡みつく。摩擦が強くなり、菫は身悶《みもだ》えた。絶頂が近い。快感に腰がくねり、全身がびくびくと震える。

白瀬も終わりが迫っているのか、喉の奥で呻《うめ》くような声が聞こえた。

「あっあぁ……ッ、光一さ……ん」

不意に口づけがはずれ、甘く爛《ただ》れた喘ぎ声が漏れる。同時に中をえぐっていた楔《くさび》も抜け、浴槽の縁に手を置くように体勢を変えられた。

「……あぁ、そんなっ……だめぇ、いきなり」

腰を摑《つか》まれ、背後から一気に中を貫かれる。その衝撃に、菫の中の熱が弾ける。絶頂に持っていかれ、強い快感に眩暈がした。

けれど、白瀬はまだ終わっていない。達した気だるさと、甘い痺れに震えている体を、激しく突いてくる。散った熱がまたすぐに集まり、菫を快楽の渦に突き落とす。

後ろから激しく突かれるたびに、達した時と似たような絶頂が何度も迫ってくる。漏れでる声はすべていやらしく濡れ、甘く鼻にかかっていた。

「はぁんっ、いやぁ……あぁんンッ」

その声を、白瀬の大きな手でさえぎられる。口をふさがれたとたん、より深く中をえぐられ、かき回すように抽送されて眩暈がした。乱暴に犯されているような、この体位にも興奮してしまう。白瀬の動きに合わせて腰を揺らし、もっと気持ち良くなることばかりで、頭がいっぱいになった。

そして幾度目かの突き上げで、中を犯していた雄が最奥に熱を叩きつけて果てた。注がれる精に内壁が痙攣する。菫も一緒に絶頂を迎えていた。

「はあ、はぁ……あつい……」

全身から力抜け、ずるずると湯船の中に沈みそうになる。その体を、白瀬が後ろから抱きかかえ、こめかみに口づけた。

「すまない。のぼせさせてしまったな」

その声を聞いたのを最後に、菫は意識を手放した。次に目覚めた時には、白瀬に膝枕で介抱されていたのだった。

act.7

「おはようございます」

菫はいつものように挨拶をしながら、自分の席に向かう。同僚も同じように挨拶を返してくれるが、どこか様子が変だ。よそよそしいような、好奇に満ちた視線を感じる。

二週間前の社員旅行から仲良くなった女子社員も、戸惑った様子で挨拶を返してくる。

不安を感じながら、牧原にも「おはよう」と声をかけた。

「あ……おはようございます」

牧原もまた、どこか様子がおかしい。傷ついたような、怒りを抑えこんだような目をしている。しかもすぐに視線をそらされ、逃げるように背を向けられた。

社内の空気がおかしい理由を聞こうと思っていた菫は、彼女のその態度に表情をこわばらせた。ショックで、不安が徐々に強くなっていく。急に周囲の視線が怖くなり、うつむいて足早に自分の席についた。

昔、イジメが始まった日の朝。あの時と同じ空気を感じて、吐き気がこみ上げてくる。

軽く呼吸することでそれをやりすごし、大丈夫と自身に言い聞かせる。

みんな大人で、自分も大人だ。昔のようなイジメが起きることはあり得ない。そういう陰湿なことが起こるような会社でもなかった。

なにか変だと思うのは、菫の勘違いだろう。それか、格好がなにかおかしいとか……自分の服装を見下ろしながら、パソコンを立ち上げた。

メールが一件きている。件名は「この間の社員旅行の写真です」だったので、無防備に開いてしまった。

「——……え？　なにこれ？」

開封したメールに本文はなく、添付されていた画像を見た菫は硬直し、蒼白《そうはく》になった。

そこには、菫が白瀬に腰を抱かれて貸し切り露天風呂に入っていく姿が写っていた。横顔だが、菫と白瀬だとはっきりとわかる。

みんなの様子がおかしかった理由はこれだ。それにしても誰がこんなことを……。

差出人のアドレスは知らないもので、名前も表示されていない。このために取得したアドレスだろう。宛名には、マーケティング部に在籍する人たちのアドレスが載っている。

茫然《ぼうぜん》としていると、社内が微かにざわついた。白瀬が出社してきたところだった。席に着いてパソコンを立ち上げた彼は、一瞬だけ眉をぴくりと痙攣《けいれん》させた。変化はそれだけで、しばらくキーボードを叩《たた》き、マウスを忙しなく動かす。そして手が止まった。

「加古川、ちょっとこい」

いつもの平坦《へいたん》な口調だが、どこか威圧感のある声だった。呼ばれた加古川は、緊張した様子で立った。

「なんでしょうか?」

「悪質なコラージュだな。こんなものを社内メールで回すとはどういうつもりだ?」

大声ではないが、よく通る声だった。社員の視線がいっせいに、白瀬と加古川に集まる。

「え……いや、俺じゃ……それにコラじゃないしッ」

「ほう、コラージュじゃないと? なぜそんなことがお前にわかるんだ?」

白瀬がすっと目を細めて加古川を見据えた。それでもう、加古川は降参してしまったのか、顔面蒼白で震えている。

「これがコラージュじゃないとしても、仕事に関係ないこんな写真を社内メールで回すのは悪質だ。セクハラ問題でもある」

この会社は、セクハラやパワハラに対して厳しい。加古川にはそれなりのペナルティがくだされるだろう。

「後で、会議室にきなさい。今後について話し合おう」

そう話をしめくくると白瀬は立ち上がり、同じ部署の社員にメールと画像を削除し流出させないよう注意した。その白瀬の淡々とした様子に、気が抜けたような空気が流れる。

さっきまで雰囲気がおかしかったのが嘘《うそ》のように、みんな仕事を始めた。菫も同じように仕事に手をつけたが、気もそぞろだった。

白瀬のおかげで、誰もあの写真を信じていないようだ。それもそうだろう。菫と白瀬ではつり合わないだけでなく、関わり合いがほとんどない。社内で言葉を交わすのも、仕事内容であっても一日一回あるかないかだ。二人の間に間違いが起こるはずもない、と思われているのだろう。

怯《おび》える必要はない。そう思うのに、気持ちが落ち着かなかった。

ちらり、と視線を上げる。斜め向かいの席にいる牧原が見えた。彼女の表情は、依然として暗い。

誤解はとけていないのだろうか。ただ単に、難しい案件の仕事をしているだけなのかわからないけれど、彼女から不穏な空気を感じて、菫は安心できなかった。

今日も、一緒にお昼をする約束をしている。その時に、どうしたのか聞いてみよう。そう決めて、午前中の仕事を終わらせた。

だが、昼休みになると、牧原は菫を置いてそそくさとオフィスからでていってしまった。

財布とスマートフォンを持って、慌てて追いかけ、廊下で呼び止める。

「牧原さん……あの、どうかした？　私、なにか気に障ることをしてしまったかしら？」

立ち止まった牧原が、こちらをゆっくりと振り返った。朝と同じ目で菫を見ている。

「ごめんなさい……」

思わず謝罪を口にすると、牧原の目つきがきつくなり、押し殺した声が返ってきた。

「私、見たんです」

「え？　なにを……」

「二人が貸し切り露天風呂に入っていくところ」

鈍器で頭を殴られたような衝撃があった。菫は後ろによろけ、青ざめる。

それを見て、牧原は「やっぱり本当なんだ」とこぼして、溜《た》め息をついた。

「あの日、私だけ先に旅館に帰ってきてたんです。野々宮さんのことが気になって……でも、私の見間違いかなって思ったんです」

旅館の裏口から戻った牧原は、別館の前を通る道を使ったそうだ。そこで白瀬と菫らしい人影が、貸し切り露天風呂に入っていくのを見た。ただ、木々の間からだったので確信は持てず、見間違いだろうと思ったそうだ。

「部屋に戻ると野々宮さんはいなくて、どこかにでかけたんだろうと思いました。結局、私はまた外湯巡りをしている同僚のところに戻りましたが……」

牧原が震える唇を嚙《か》みしめ、感情を抑えるようにうつむいた。

「私がこんなこと言う筋合いはありませんが、こんなふうに裏切られるなんて、思ってもいませんでした。なんで教えてくれなかったんですか？」

顔を上げた牧原の目にはうっすら涙が溜まっていた。

彼女はきっと、菫と白瀬が付き合っていると勘違いしている。その上で、自分が口出しする件ではないと、頭では理解しているのだろう。けれど、感情はどうにもできないに違いない。

それだけ白瀬を真剣に思っているのだ。

「私を馬鹿にしてたんですかっ！」

抑えていた感情が爆発し、声が廊下に響いた。人気のない場所だったが、その声に人がやってきて、曲がり角からこちらをのぞいている。

牧原ははっとしたように口をつぐみ、走り去った。

「すみません……なんでもありません」

ぶつけられた感情に胸を痛めながら、菫は様子を見にきた社員に頭を下げ、自分もすぐにその場を去った。エレベーターで一階に降り、適当な店に入ってランチのセットを注文したが、食欲はまったくなく、昼休みが終わるぎりぎりまで店に居座っていた。

会社に戻りたくない。なにより、牧原と顔を合わせるのが怖かった。

それから数日。社員旅行で仲良くなった女子社員たちの様子が徐々に変化していった。距離を置かれ、とても気を使われているようだった。虐められたり、無視をされたり、嫌味を言われたりもなかった。噂《うわさ》になっているような感じもない。

遠巻きにされ、変化した空気に窒息しそうになっているのは菫だけだ。

牧原は恐ろしいぐらいいつも通りで、あの日、感情をあらわにしたのが嘘のように笑顔で仕事をこなしている。事務的な内容なら、菫に笑顔で話しかけてもくる。けれどそれまでで、少しでも他の話を切りだそうとすると避けられ、笑顔で会話を切り上げられてしまう。メールを送ってみても、返事はなかった。

そんな牧原も、他の仲の良い女子社員とは普通に雑談をしている。一緒に昼食や買い物にいく約束をしているのを、通りすがりに耳に挟んだりもした。

以前なら、自分も誘ってもらえたのに……そう思うと胸がきりきりと締めつけられるように痛んだ。

彼女と仲の良い女子社員に、相談してみようと考えもした。仲を取り持ってくれないかと。けれど、それだと仲違いの理由を告げなくてはならない。白瀬との関係を、無闇に口外はしたくなかった。

それに、彼女たちは牧原からなにか聞いているかもしれない。みんな大人の態度をとってはいるが、陰では菫を批難しているのかもしれなかった。

想像すると足がすくみ、気持ちが滅入り、相談する勇気などなくなった。そうやってうじうじと悩んでいる間に、菫はまた以前と同じように、仕事以外の会話をする同僚のいない、独りぼっちになっていた。

牧原たちと関わる楽しさを知った後だけに、この孤立はつらかった。

いつも真っ先になんでも相談するヒカリには、まだなにも教えていない。この間メールがきたが、同僚の女性たちと楽しくすごしていると嘘の返信をした。やっと親しい、友人と言える人間ができたのを喜んでいたヒカリに、このことを相談はできない。心配させたくなかった。

一緒に暮らしている白瀬は、菫と牧原たちとの変化に気づいているようだったが、なにも言ってはこない。社員旅行以来、体の関係は復活し前より濃密にはなっていたが、デートをすることはなくなっていた。菫も、どこかにでかけたいという心境でもなかった。

「はぁっ……あぁ……光一さんっ」

中を強くえぐられ、白瀬の背中に爪を立てて喘《あえ》ぐ。痙攣する内壁を何度もこすられ、もう絶頂が近かった。

夕食を終えてからすぐ、白瀬の部屋で抱き合った。もうずいぶん長く絡み合っているような気がする。

「あぁァッ、もうだめぇ……ッ！」

激しく突き上げられ、強い快感に背筋が震えて熱が弾ける。最奥に男の欲望を叩きつけられるのも感じた。

お互い、乱れた息をつきながら抱き合い、しばらくベッドに横になっていた。弛緩《しかん》した蜜口から男のものが抜かれると、蜜と精液がこぼれてくるのを感じた。

だんだんと快楽の熱が冷めてくる。それに反比例して、牧原との一件を思いだす。やっと圭介を忘れられたのに、今度は彼女たちのことで頭がいっぱいで、不安だらけだった。

そしてこうやって白瀬に抱かれることに逃げている。

「光一さん……」

「なんだ？」

隣に寝そべった白瀬が、菫の髪を撫《な》でる。それに誘われるように横を向き、彼の胸に頬を寄せ、背中に手を回した。

こうしていると、まるで恋人みたいだ。

「妊娠したら……仕事、辞めてもいいですか？」

唐突な問いに、白瀬が息をのむのがわかった。菫も自分の口からこぼれた言葉に驚いた。

そうか、妊娠してしまえば会社を辞める口実になる。牧原たちに立ち向かわず、嫌われているのではという妄想から離れられる。

きっと白瀬なら、出産してしばらくの間は菫を養ってくれるだろう。それから先のことは考えられなかったが、彼が傍にいてくれるならなにも怖くない。

そんな菫に返ってきたのは、冷え冷えとした低い声だった。

「そうやってまた、いろんなことから逃げる気か？」

頭が真っ白になり、甘い余韻で火照っていた体がすっと冷めていく。

「最近、牧原さんたちと仲がぎくしゃくしているようだな。原因は知らないが、まだ逃げに走るには早いんじゃないか？」

「それは……」

「自分でもわかっているんだな」

反論しようとして言葉をつまらせた菫に、白瀬は容赦がない。甘えて逃げようとしている菫の意地汚さを見抜いている。

「君たちの間でなにがあったか知らないが、牧原さんは理性的な女性だ。君が真剣に話し合いの場を設けたいと思えば、応じてくれるだろう」

胸がえぐられるように痛んだ。牧原が評価されていることに、なぜか苛立たしささえ感じてしまう。

「話し合おうとは思ったんです。でも、彼女に無視されて……」

言い訳のように反論したが、心の隅に牧原の評価を下げたいという思いが見え隠れする。そんな自分に幻滅した。白瀬は菫の恋人でもなんでもないのに、牧原にとられてしまうのではないか、そんなあせりで胸の内がどろどろとしてくる。

「感情的になっているのかもしれないが、落ち着けば君の話を聞いてくれる女性だろう。もし駄目なら、誰かに仲介してもらうといい」

白瀬が、何人かの候補名を上げる。牧原と仲が良く、穏やかで中立的な意見を述べる人たちだ。彼女たちなら、たしかに間を取り持ってくれるだろう。

けれど納得できない。言いようのない焦燥感にかられる。

「……はい、そうですね」

硬い声で返すと、白瀬が心配そうにこちらをのぞきこんできた。

「で、なにがあったんだ？　聞いてもいいなら、聞かせてくれ」

どうして、最初にそう言ってくれなかったのだろう。今さら受け入れるような言葉をかけられても、ささくれ立った気持ちはどうにもならない。

それにいざこざの原因を話せば、牧原が白瀬を好きだと教えなくてはならない。彼女は勝手に暴露されたくないだろうし、菫も言いたくなかった。白瀬がどういう反応をするか、見たくない。

「それは……言えません」

強い口調で返し、白瀬の背に回していた手を引っこめる。

「私、シャワーを浴びて自分の部屋に戻ります」

これ以上、白瀬といたら変なことを口走ってしまいそうだった。なにか言いたそうな白瀬を振り切るように、菫は背を向けてベッドから降り、浴室に走るようにして駆けこんだ。

その翌日、どんよりとした気分で出社した。牧原と話し合いたかったが、その勇気はまだない。逃げては駄目だと思うのに、子供みたいに足元がすくみ、言い訳を探してしまう。

白瀬とはあれから一言も交わしていない。朝食も一人で先にすませて邸《やしき》をでてきた。戸塚が心配そうにしていたのが申し訳なかった。

そういえば、白瀬と同じ電車に乗って出勤しなかったのは初めてかもしれない。また自殺の心配でもされるのかと思ったが、定時に出社してきた彼に、慌てたり取り乱している様子はない。

いつもの仏頂面を盗み見して息を吐く。

どうして残念に思っているのだろう。心配させたかったのだろうか。期待を裏切られたような気持ちになる自分が嫌だった。

「私、性格悪いのかも……」

そうこぼしてデータ入力を終えると、席を立った。頼まれている資料を集める仕事があったのを思いだした。

資料室で必要なものを揃え終えると、菫はなんとなくスマートフォンを取りだした。ヒカリにメールで相談したかった。けれど、今ここで彼女を頼ってしまっては、前と同じだ。自分で解決しなくてはと思うのに、相談だけならと心が揺れる。

ヒカリのアドレスを立ち上げ、メールを書こうとした時、ドアが開く音がした。振り返ると、ドアを半開きにしたまま白瀬がこちらにやってくる。

「か……課長っ、どうされました？」

不意打ちの登場に、心臓が跳ねる。スマートフォンを胸に抱きしめると、それを一瞥《いちべつ》した白瀬が言った。

「また、そのいるかどうかもわからない親友に頼る気か？」

珍しくきつい物言いだった。菫は目を見開き、息をのむ。

自分でも驚くぐらい、かっと頭に血が上った。

「いるかどうかって……ヒカリちゃんのことをなんだとっ！」

「で、その親友と最後に会ったのはいつだ？」

威圧感たっぷりに言葉をさえぎられ、菫はたじろいだ。

「それは……高校一年の時ですけど。それがなにか？」

中等部でのイジメが解決し、高等部に上がって生活が落ち着いてきた頃に、ヒカリが日本にやってきた。その時に、テーマパークや買い物など、二人であちこち遊びにいった。

それ以降、ヒカリは全寮制の学校に入ることになり会えなくなった。電話やメールでの交流は続いていたが、彼女が飛び級をして大学を卒業した頃には、電話での連絡もなくなった。仕事に就いたと聞いてからは、メールのみのやり取りだ。

菫はスマートフォンを強く握りしめる。かたかたと手が震えていた。

「その親友が存在していて、君を本当に大切に思っているなら、頻繁ではなくても、もっと会いにくるんじゃないのか。それか、電話でやり取りするだろう。今ならビデオ通話でもなんでもある。親友の顔を見たのはいつが最後だ？」

菫だって一度も疑ったことがないとは言えない。ヒカリの自分に対する気持ちを。

「……二年前に写真でなら」

「写真だけか。ずいぶん薄情な親友じゃないか」

白瀬が鼻先で冷たく笑った。

「それは本当に親友か？」

胃の底をナイフで撫でられるような冷たさと恐怖を感じ、菫はよろけた。

その時、廊下のほうで物音がしたような気がした。白瀬が肩ごしに軽く振り返ったが、すぐにこちらを向いて語気を強くした。

「いい加減に目を覚ませ。会ってもくれないような過去の親友に依存しないで、現実を見ろ。この程度の問題で躓《つまず》いている場合か？　自分でなんとかできる年齢のはずだ」

白瀬の言葉一つ一つが、胸にぐさぐさと刺さり、えぐってくる。こみ上げてくる吐き気に震えながら、口元を押さえてうつむいた。

「言っておくが、私と君は体だけの関係だ。私の目的が果たせたら、君はいずれ用済みになる。その後も、養ってもらえるかもと考えて、甘ったれるな」

あまりにも残酷な宣告に、目に涙がにじむ。けれど白瀬は悪くない。彼とは最初から、そういう約束だったのだ。

「昨晩、なにか勘違いしているようだったからな、言っておきたかったんだ」

泣き顔をなんとかしてから戻ってこいと言い残し、白瀬は資料室からでていった。

ドアが閉まる音を聞き、菫は崩れるようにその場に座りこんだ。涙がとめどなくあふれ、床に広がったフレアスカートの上に落ちていく。

悔しくて悲しくて、甘ったれていた自分が恥ずかしい。あそこまで言うなんてひどいと思ったが、白瀬の言ったことは間違いでもなかった。

菫はずっと誰かに頼って生きてきた。

束縛の強かった父や、菫の恋心に嫌々ながらも付き合ってくれた圭介。イジメにあった時、颯爽《さっそう》と助けにきてくれたヒカリ。女性社員たちとの仲を取り持ってくれた牧原。そして今は、無意識に白瀬に頼って生きていこうとしていた。

牧原との一件も、白瀬がどうにかしてくれたらいいのにと、少しも思わなかったと言ったら嘘になる。妊娠したら仕事を辞め、牧原たちから離れられると甘えた妄想だってしていた。自ら動かないで、誰かが助けてくれると当たり前のように思っていたのだ。

「最低ね、私……これじゃ、ヒカリちゃんも会ってくれなくなるわけね」

彼女がなにを思っているかは知らないが、鬱陶しく思われていても不思議ではなかった。距離を置かれているのに気づかないで、菫が一方的にヒカリを親友だと思っているだけかもしれない。

　圭介に婚約を破棄された時、「君は重たい」と言われたのを思いだす。その通りだ。愛する人が本当にほしいものを知ろうともしないで、自分の気持ちばかりを押しつけた。手編みのマフラーみたいに。

　いつもさりげなく気を使ってくれていた牧原には、まだお礼もいっていない。彼女の気遣いを享受するばかりで、自分からはなにも返せていなかった。せめて、白瀬との関係を黙っていたことは、きちんと謝りたい。

　牧原は、かつて菫を虐めた同級生とは違う。話せばわかる大人の女性だ。菫と白瀬の写真が本当だと知って腹を立てていても、それを吹聴したりしない。誠実な女性だ。

　白瀬から評価されるのもわかる。それが悔しかったが、菫はこの年齢になっても、自分の尻拭いもできないのだから嫉妬するのもおこがましいだろう。でも、これからは変わっていきたい。

　海に飛びこんだところを白瀬に助けられ、体の関係を持つことで慰められ、女性として少しは自信を持てた。たくさんデートもしてもらい、着たかった服も着られるようになり、綺麗《きれい》になる方法も身につけられた。牧原と友達にだってなれた。

　すべて白瀬のおかげだ。もう菫は、父の死と結婚が破談になったショックから立ち直っている。これ以上、頼るのは甘えすぎだろう。

「これぐらいのことは、自分でどうにかしなきゃね」

菫はやっとおさまった涙を拭き、立ち上がった。


「牧原さん、話があるんだけどいいかしら？」

昼休み、同僚の女性たちと外出する牧原を追いかけ、店に入って注文が終わったのを見計らってから席に駆け寄って切りだした。こうすれば牧原は逃げられないだろう。

ただ、一緒にいる同僚にも話を聞かれる。それは覚悟ができていた。

牧原と一緒に席についているのは、社員旅行の時、同じ部屋だった二人。この二人なら、牧原が白瀬を好きだと知っている。また、彼女から菫とのいざこざを聞いているような雰囲気があった。

「嫌だと言われても、聞いてほしいの」

強い口調の菫に、牧原も他の二人も唖然《あぜん》としてこちらを見上げている。

「立っていると邪魔なので、失礼しますね」

そう断り、返事も待たずに牧原の向かい側に腰かけた。同僚二人は、席をはずそうかと慌てたが、このままいても問題ないと制止した。

「牧原さん、課長とのことなんだけど……この二人に聞かれてもいいかしら？」

一応、牧原には断りを入れる。彼女は困惑したように視線をさ迷わせた後、こくりと頷《うなず》いた。

「野々宮さんがかまわないなら、いいです。二人には、どうして私たちがぎくしゃくしているか話してあるので」

ちらりと二人を見ると、曖昧な笑みを返される。ともかく牧原に話を聞いてもらえる。

「そう……なら話が早いわ」

菫は軽く息を吸って吐いた。覚悟をしてこの場に挑んだが、心臓がどくどくと早鐘を打っている。

背筋を伸ばし、きちんと牧原の目を見て言った。

「あなたの気持ちを知りながら、課長との関係を隠しててごめんなさい」

言い訳をせずに頭を深々と下げる。しばらくして牧原が、「頭を上げてください」とつらそうに言った。

「私こそ、一方的に怒って、野々宮さんを孤立させてしまって、すみませんでした。こんなつもりじゃなかったのに……後に引けなくなって、本当にごめんなさい」

うつむいた牧原の目が、今にも泣きだしそうに赤い。

「大人げないことをしてしまいました。その上、自分から謝ることもできなくて……恥ずかしいです」

「いいのよ、私が悪かったんだから。もっと早くに、課長との関係を話しておけば、こんなことにならなかったし。牧原さんは、それだけ真剣に課長を想っていたのよね」

牧原がとうとう耐えられなくなったのか、わっと涙をあふれさせた。菫もつられて涙ぐむ。彼女の隣に腰かけていた同僚が、ハンカチを差しだした。

しばらくして、様子をうかがうように店員が注文の品を持ってきた頃には、牧原もだいぶ落ち着いていた。菫は、彼女たちに一緒に食事をしていいか断りを入れてから、店員に注文した。

「あの、ところで……野々宮さんは課長と、付き合ってるということでいいんでしょうか？」

涙を拭った牧原が、確認するように聞いてくる。なぜか硬い表情だった。

それに菫は苦笑した。

「それが……体だけの関係なの。だから、恋人でもなんでもないし、私のことは気にしないで」

そう言ってから、はっとした。白瀬を真剣に想っている彼女に対して、この言い方はあんまりじゃないだろうか。

「えっと、あの違うの！　ごめんなさい！　これだと課長がひどい人みたいよね。ぜんぜんそんなんじゃないから。体の関係になったのも私のせいだし……えっと……」

こういう時、相手を傷つけない言い回しがわからない。対人スキルが低い自分が嫌になる。

もっとこう、白瀬の評価を下げずに、牧原の気持ちも考えた言葉はないか。ぐるぐると考えこんでいると、牧原が深刻な面持ちで切りだした。

「あの、私……聞いてたんです」

「え？　なにを？」

「今日、資料室で二人が話しているのをです。体の関係というのは本当なんですね」

さあーっと頭から血の気が引いていく。とんでもないことを聞かれてしまった。

これではどう言い繕っても白瀬が悪者になってしまう。

「あ、あれはね、私が悪いの。自分の立場も忘れて課長に甘えようとしていたから。ちょっと厳しいことを言っただけなの。それに課長は本当はとても真面目な人で……」

「本当に真面目な人は、女性と体だけの関係になったりなんてしません」

牧原がばっさりと切り捨てると、同僚二人もうんうん頷いて「そうよねー」と同意する。

「野々宮さん、それ騙《だま》されてませんか?」

厳しい表情をした牧原が、ずいっと乗りだしてくる。顔に心配だと書いてあった。

菫がかばうほど、白瀬の評価が下がってしまいそうだ。

「いえ、そんなことないわ。そういうんじゃないから! 心配しないで」

「じゃあ、どういう経緯で体の関係になったのか聞かせてください」

「えっとそれは……」

菫をじっと見つめる牧原の目は真剣だ。同僚二人も、心配そうにしている。適当に誤魔化せる雰囲気ではなかった。

なにをどこまで話していいものか。言ったらさらに白瀬の評判を落とすような内容も多い。特に、子供をつくる云々《うんぬん》は絶対に言えない。

うつむいて悶々《もんもん》としていると、タイミング良く料理が運ばれてきた。息のつまる空気を変えるように、同僚二人がとりあえず食べてから話そうと明るく言う。その提案に乗ることにして、白瀬とは関係ない雑談を交えて食事を終わらせ、食後に供される紅茶を飲みながら話を再開させた。

「まず、体の関係にいたった経緯なんだけど……」

食事の間にだいぶ落ち着きを取り戻し、頭の中で話をまとめた菫は、自殺を助けてもらったところから話す。もちろん、子作りに関しては黙っていた。

「そんな大変なことになってたのね」

「それにしても、元婚約者は最悪ね……借金で困ってる野々宮さんを見捨てるなんて」

「せめて、お金の工面なり事後処理を手伝ってから別れを切りだしたっていいのに……」

牧原の目が怒りを押し殺すように据わっている。もう終わったことなので、菫はあまり気にしていなかったが、聞かされた側はそうでもないらしい。

「でも、彼にはそこまでする責任もないかと……」

「正式に婚約してたのに、それ遠慮しすぎ」

「いっそ慰謝料もらえばいいのに」

「いえ、もらうべきです。今からでも」

弁護士雇いましょう、と意気ごむ牧原をなだめつつ話を再開する。

「お金の件は課長がいろいろ手伝って処理してくれたから、もう大丈夫。当座の生活費とか……本当になにもかもお世話になりっぱなしで、ここまでしてくれるような人っていないと思うの」

「だからって、体の関係を強要されるいわれはないと思います」

「違うわ。合意の上での関係だから、強要なんてされていないし、私は満足しているの。課長はとても優しい人よ」

白瀬をかばったつもりだったが、牧原たちには伝わらなかった。

「それ、騙されてる！」

三者三様の声が重なった。菫は面食らって、言葉を失う。

中でも牧原は憤慨した様子で、机を叩きそうな勢いで言った。

「そりゃ男なんて、体目的ならいくらでも優しくなりますよ。慰めるふりして弱っているところにつけこんだだけです！」

同僚二人も頷いている。

「正直、課長がそういう人だったのはショック」

「私もー。仕事では尊敬してたしね。やっぱ男の下半身は別なんだ」

「最っ低です。よりにもよって野々宮さんに手をだすなんて、許せない」

批判していても軽い調子の二人に比べ、牧原はなんだか重くて暗い。それだけ白瀬への気持ちが真剣だったのだろう。

菫は申し訳なく思った。

「ごめんなさい、牧原さん。課長を本当に好きだったのに、印象を悪くするようなことを言ってしまって」

「なに言ってるんですか！　そういうことは、事前に知れて良かったと思うぐらいです。深入りしてからじゃ遅いですから」

そう言って、牧原ははっとしたように顔をこわばらせた。

「すみません。野々宮さんは、もう深入りしてしまっているのに」

「え、別に深入りなんて……してるのかしら？」

体の関係を持ったら深入りなのだろうか。男性とのお付き合いなんて、圭介としか経験がない。それも接待されていたようなもので、恋人とも違う。経験が浅い菫にとって、どこからが深入りなのか見当もつかなかった。

「ともかく、課長は根はとても優しいのよ。怖い顔をしているし、不愛想だから誤解されやすいけど、私との関係だって課長なりに考えあってのことだと思うの」

牧原たちは騙されていると言うが、彼の近くにいた菫はそうではないと思う。根拠はないけれど、白瀬は人を騙したり、自分の欲望のために利用する人間ではない。

体の関係になったのも、菫が望んだからだ。そう牧原たちにも言ったのだが、話下手なせいでちゃんと伝わらないのが歯がゆかった。

「だけど、そんなに課長をかばうなんて、やっぱり……ねえ」

同僚の一人が、もう一人に目配せする。

「そうね。やっぱり野々宮さんて……」

言いよどむ同僚二人を見比べ、菫は首を傾げた。すると牧原が重々しい声で断定した。

「課長のこと……好きですよね」

予想もしていなかった言葉に、菫はぽかんとした後、一瞬で顔が真っ赤になった。

「え、そそそっそんなことない……はず」

否定しながら、自分の気持ちがわからなくなってきた。

好きと言われれば、好きだ。嫌いなわけがない。白瀬は不安定な菫を今まで支えてきてくれたのだ。

だが、恋愛ではどうなのか。好きなのかどうか、そう考えるだけで頬がどんどん熱くなってくる。自分の意志ではどうにもできない。

やっぱり異性として好きなのだろうか。そう考えれば、昨晩、牧原に対して嫉妬したのにも納得がいく。彼女が白瀬を好きと告げた時に、胸がもやもやしたのもわかる。

気持ちを自覚してしまった菫は、上気する頬を押さえておろおろするしかなかった。それを見た同僚二人が苦笑する。

「今まで自覚なかったのね……鈍感だ」

「反応が素直すぎる」

向かいに座った牧原は、依然として深刻な表情のままだった。

「野々宮さん、失礼なことをお聞きしますが……」

牧原が声を潜め、内緒話をするように身を乗りだしてきた。菫も体を近づける。

「もしかして、課長が初めての相手なんじゃないですか？」

熱を持った頬が、さらに火照ってくる。頭が爆発してしまいそうだった。

なにも答えられず、両手で顔を覆う。とても恥ずかしかった。

誰もなにも言わなかったが、菫のこの態度で処女だったと察してくれたのだろう。沈黙が流れた。

しばらくして、牧原がだんっとテーブルを叩いた。

「許さない……こんな純粋な人を騙すなんて」

「まあまあ、牧原さん落ち着いて」

「そうよ、課長は許せないけど、二人とも大人なんだしね」

殺気がこもった牧原を心配してか、同僚二人がなだめに入る。

「野々宮さん、とにかくもう一人で課長に会ったりしちゃ駄目です」

牧原が鼻息を荒くして言うのに、菫は頷くしかなかった。けれど、一緒に暮らしていてそれは無理というものだ。白瀬の邸に居候しているなんて絶対に言えなかった。

act.8

「はぁ……疲れた」

そう言いつつも、体は心地良い浮遊感に包まれていた。ほろ酔いの菫は、覚束ない足取りで居間のソファに腰かける。

壁時計は午前零時を指している。住みこみの家政婦である戸塚は、もうこの時間だと自室で寝ている。

白瀬も寝ているだろうか?

ソファに身を沈めるように座った菫は、ぼうっと中空を見つめる。資料室で突き放されて数日、白瀬とはほとんど話していない。一緒に食事をしたり、出勤することもなくなっていた。

なんとなく気まずくて、邸に帰る時間を遅くして、顔を合わせないようにしている。そのぶん仲直りした牧原たちと遊んでいた。

明日は休みなので、今夜は終電近くまで飲んだ。牧原はまだ白瀬のことで憤慨していたが、女性だけの楽しい飲み会だった。いろんな話に花が咲いて、時間を忘れた。

その席で、牧原が気になることを言っていた。

「課長、親会社に戻るらしいですよ」

菫はそれを聞いて、白瀬が親会社からの出向社員だったのを思いだした。親会社は白河グループといい、二人の創業者から名前をとってつくったグループ名だ。そのうちの一人が白瀬である。

なぜ、今の今まで気づかなかったのだろう。白瀬が創業者の血縁ならば、この立派な邸《やしき》に住んでいるのも納得できる。

本当に自分は、自分のことしか見えていなかったのだなと、溜《た》め息がこぼれた。

少し考えれば気づいただろう。牧原なんて、白瀬が白河グループの関係者だと最初から気づいていたそうだ。

「好きになった人のことって、調べたくなるじゃないですか。で、親会社に勤務する知り合いに課長の経歴を聞いたんです。そうしたら、向こうでは課長は御曹司らしいってもっぱらの噂《うわさ》だそうです」

そうやって調べられる彼女を羨ましく思い、なにもせずぼーっとすごし、今さら白瀬を好きだと気づいた自分の間抜けさに少しへこんだ。

「あ、別に玉の輿《こし》に乗りたいから好きになったわけじゃないですから。てか、もう好きじゃないし」

そう言うと、牧原は憤慨した様子でこう続けた。

「野々宮さん。その様子だと、課長が戻るの知らなかったんですね」

その通りだったので、菫は苦笑するしかなかった。牧原は言わないなんて薄情だと怒っていたが、あれから白瀬とまともに話していないのだから仕方ない。それに自分たちは、体だけの繋がりしかないのだから、いちいち伝える義務もなかった。

菫は溜め息をついて、ソファの肘掛けに頭を載せた。瞼《まぶた》が重い。そのまままうとうとしていると、人の気配がした。

「そんなところで寝ると、風邪をひくぞ」

ぶっきらぼうな声だった。薄っすらと目を開くと、しゃがんだ白瀬が目の前にいる。

「飲んできたのか？」

「はぁい……」

夢うつつで返事をする。現実感がなかった。

「牧原たちとか？　仲直りできたんだな」

いつも冷たい白瀬の目が、温かく細められる。久しぶりに見る優しい表情に、胸がとくんと高鳴った。冷め始めていた酔いが戻ってくるように、頬が火照ってくる。

「良かったな。ちゃんと自分で解決できて、えらいえらい」

大きな手が頭をふわりと撫《な》でる。まるで子供扱いだ。

この年で、友達と仲直りできただけで褒められても恥ずかしいけれど、嬉《うれ》しかった。

白瀬は頭を撫で続けている。それが心地良くて、また睡魔が忍び寄ってきた。

「それで、まだ死にたいと思うか？」

重くなる瞼に抵抗するように、何度も瞬きする。その合間にかけられた言葉に、首を横に振り「ううん」と寝言のような返事をした。

もう、死にたいなんて思えない。白瀬や牧原のおかげだ。みんなに支えられ、優しくされ、菫は立ち直れた。

白瀬に冷たく突き放されたのも、自分のためになった。

そうだ。白瀬のおかげでいい方向になにもかも変わった。お礼が言いたい。

けれど眠すぎて、思っていることの一つも言葉にできない。唇をうにゃうにゃと動かすが、意味をなさない音が漏れるだけだった。

白瀬はそれに笑って返した。

「そうか、良かった。嬉しいよ」

どうして、そんな優しい言葉をかけてくれるのだろう。あんなふうに突き放してきたのに……。

もしかして、資料室での言葉はわざとなの？　牧原がいると知っていて、ひどいことを言ったの？

自分に都合のいい妄想が、頭の中でぐるぐるする。聞いてみたい。けれどもう、舌は痺《しび》れたように重く、言葉にならない。せめて白瀬の顔を見てみたいと思ったけれど、落ちてしまった瞼が持ち上がることはなく、菫は意識を手放した。

目が覚めたのは、自室のベッドの上だった。しかも、パジャマに着替えている。カーテン越しに差しこんでくる日差しは昼すぎと思える高さで、菫は飛び起きた。

「あ……メイク落ちてる……？」

顔を触るとさっぱりしている。メイクを落とした記憶なんてない。もちろん自室にやってきたことも、着替えたこともおぼえていなかった。

「もしかして……」

菫は眉間に皺《しわ》を寄せた。

以前にもこういうことがあった。白瀬とのデートで酔っぱらい、邸に帰りつくなり居間で寝てしまったのだ。翌朝、やはりパジャマに着替えさせられて、自室のベッドで寝かされていた。

メイクも白瀬が落としてくれていた。なんでも十代の頃、白瀬の双子の姉に「女子が疲れて寝てたらメイクを落としてやるぐらいのことはするもんだ。だから私が寝てたらお願いね」とめちゃくちゃな要求をされたらしい。まだ若くて、女性というものをよくわかっていなかった彼は、それを信じてしまったそうだ。彼曰《いわ》く、姉は放縦な性格で、周囲を振り回す性質らしい。特に弟は、奴隷のようにこき使っていいと思っているそうだ。

ベッドから降りてゴミ箱をのぞくと、汚れたメイク落としシートが捨てられていた。今さら、素顔を見られても恥ずかしくはない。だが、前にされた時もそうだったが、なんとも言えない恥ずかしさがこみ上げてくる。

変な躾《しつけ》をした白瀬の姉を恨みたい。姉の躾が非常識だと知っていて、親切にメイクを落としてしまう白瀬にも文句を言いたかった。

「でも、それじゃあ……昨夜のあれは夢じゃないんだ」

軽いショックから立ち直った菫は、昨夜、居間で交わした白瀬との会話を思いだす。彼は、牧原と仲直りしたのを喜んでくれていた。優しく微笑んで、菫の頭を大きな手で撫でてくれた。

あの時ふと、白瀬が菫にひどいことを言って突き放してきたのは、わざとではないかと感じた。それについて聞きたかった。

もしわざとなら……。

菫の胸に淡い期待がわいて、高鳴る。

でも、まさか……そんなわけがない。と思いつつも、少しぐらいは想われているのではないかと想像し、口元が緩む。

いやいや、いい気になってはいけない。好かれるほど、自分は魅力的ではないし、もともと白瀬との関わりはなかった。自殺未遂を助けたことで、責任を感じて世話を焼いていてくれただけだ。

「そうよ……勘違いするところだった」

菫は苦笑いを漏らし、口元を引き締めた。

ともかく、きちんと今までのお礼を言おう。牧原と仲直りをするきっかけをつくってくれたことにも。白瀬は知らない振りをするかもしれないが、ちゃんと嬉しかったと伝えたい。

たとえ異性として愛されていなかったとしても、好きな人に優しくされるのは幸せなことだ。白瀬は、本当に良くしてくれたのだから。

菫は着替えて白瀬の部屋に向かった。途中、居間の前を通ると、中から白瀬の声が聞こえた。

戸塚と話しているのだろうか。会話を邪魔しないよう、静かにドアを開けて中をうかがう。白瀬がこちらに背を向けて電話をしていた。

「ああ……わかった。来週金曜から予約しておく。私も夜にはいくよ」

相手が誰なのかはわからなかったが、白瀬の声がどこか親し気だ。面倒臭そうな響きの中に、優しさがにじみでている。

かなり親密な間柄のようだった。誰なのか気になって、胸騒ぎがしたその時。

「そうだよ……ああ……好きだよ。愛してる。悪いか？」

白瀬の愛しさのこもった深みのある声が耳に響いた。顔は見えなかったけれど、菫には向けられたことのないような表情をしているに違いない。

見えなくて良かった。見てしまったら、ショックでこの場から動けなくなっただろう。

菫はくるりと踵《きびす》を返し、もときた道を戻ろうとした。そのとたん、こみ上げくる吐き気に口元を押さえ、走るように自室に向かった。

金曜の夜にホテルで会う約束。仕事関係なわけがない。そんな口調でもなかった。きっとホテルに泊まって、土日も一緒にすごすような相手なのだろう。

それにあれは、あの言葉は、あの声は、愛しい人に向けられるものだ。鈍い菫でもわかるぐらい、愛情があふれていた。もっとあふれそうになる情熱を、抑えるような響きもあった。聞いているだけで、白瀬がどんなに相手を好きか伝わってくる。

それは残酷なほどに、菫の胸をえぐった。

白瀬に愛されている相手が、電話の向こうの女性が羨ましかった。自分にはなんの権利もないのに、妬ましくて息苦しい。

「やだ……また、失恋しちゃった」

自室に駆けこんだとたん、堰《せき》を切ったように涙がぼろぼろとあふれでた。ドアを背に、ずるずると座りこんで嗚咽《おえつ》を漏らす。

「馬鹿みたい。最初から、失恋するのはわかってたのに……なに泣いてるんだろう?」

止まらない涙を何度も拭う。しゃくり上げすぎたのか、また吐き気が胸をせり上がってきて、菫はうっと呻《うめ》いて口を押さえる。そのまま自室に備え付けのトイレに駆けこんだ。

胃の中のものはすべて消化されていたらしく、胃液しかでなかった。苦しくてつらくて、もう吐くものはないのに、何度も嘔吐《おうと》した。

そしてやっと吐き気がおさまった頃、菫はある不安にとらわれていた。

「なんの用だ」

白瀬の第一声に、電話の向こうの相手が不満をあらわにした。

「ちょっと、久しぶりに連絡とった姉に対してその態度はなに？　こっちから直々に電話してあげたのに」

「用がないなら切るぞ」

「待ちなさいよ！　切ったら嫌がらせするわよ」

「ほう、どんな？」

寝起きで、まだ頭がぼんやりしていた白瀬は、うっかり姉を挑発する言い方をしてしまう。言ってからしまったと思ったが、遅かった。

意地悪で楽し気な声が耳元で響く。

「あんたの初恋の君に電話する」

「やめろ。やめてください」

すぐに低姿勢で懇願すると、ふふんと得意げに鼻を鳴らす音が聞こえた。腹立たしいが、この件があるせいで、昔から白瀬は姉にかなわない。

「それで、なんの用なんだ。電話してくるなんて珍しい」

「たまには声が聞きたいなぁって思ったから。で、用件なんだけど、今度の金曜の夜から日本に遊びにいくから」

　デザイナーの仕事をしている姉は、北欧を中心にあちこち移動している。日本にくるのは数年ぶりだ。今はどこにいるのか。双子の弟である白瀬も把握していない。

「それで、そっちに泊めてもらいたいから、戸塚さんに伝えておいて。ご飯や部屋の用意とかいろいろあるでしょ」

　奔放な姉だが、一応礼儀はわきまえている。弟を下僕かなにかだと勘違いしているようではあるが、戸塚に迷惑はかけられないと思っているのか、こうして断りの電話をかけてくれたらしい。

　だが、今この邸にこられるのは困る。

「悪いが、こちらで手配するからホテルに宿泊してくれないか。今、同僚を泊めているんだ」

　つい、歯切れの悪い言い方になってしまうのは、なんだか後ろめたいせいだ。うまい嘘《うそ》も思いつかない。

　顔は見えないが、電話越しに姉の訝《いぶか》しむ空気が伝わってくる。

「私は、その同僚がいてもかまわないけど。あんたは困るみたいね。どういうことか教えないなら、押しかけるわよ」

姉なら、脅しでなく本当にやるだろう。だから答えないわけにいかない。

白瀬は眉間の皺を深くし、小さく唸《うな》る。

あまり言いたくない。言えば揶揄《やゆ》されるのは目に見えている。だが、白瀬の逡巡《しゅんじゅん》は無駄だった。

「あ、わかった！」

二卵性双生児ではあるが、昔から姉は白瀬と通じるものがあるらしく、隠し事ができなかった。そして今回も姉は鋭かった。

「例の彼女でしょ！　とうとう連れこんだのね！」

鼻息も荒く図星を突いてきた姉に、白瀬は重く息を吐いた。

「下品な言い方はやめてくれないか……父親が亡くなって行き場をなくしていたので、上司として保護しただけだ」

実際のところは違うが、すべて正直に姉に報告する義務はない。それにこの姉のことなので、否定しても下世話なことを言ってくる。

「ふうん、でも婚約者がいたでしょ？　結婚式にあんたの代理で出席するのに、わざわざ仕事オフにしてやったじゃない。結局、予定変更になったって連絡きたわよね。そいつはどうしたの？　彼女、捨てられたの？　ああ、わかった。捨てられて傷心なところに、つけこんだのね」

「そういうわけでは……」

「いいじゃない。なに恥ずかしがってんの？　初恋こじらせてたくせに、やるじゃん。それでどこまで……」

「姉さん！」

大声で姉の話をさえぎる。放っておくと、際限なく質問を投げられ、答えなければ妄想を語られ決めつけられる。恐ろしいのは、その妄想が八割方あたることだ。

「そういうわけだから、ホテル泊でいいな。話は日本にきてから聞くから」

「それもそうね。私もこれから仕事あるし。じゃあホテルだけど、あそこがいいわ」

「ああ……わかった。来週金曜から予約しておく。私も夜にはいくよ」

姉が希望のホテルと部屋のタイプを告げてくるのに頷《うなず》き、予約がとれたらメールをすると返した。

「それにしても、婚約者ができてから完全にあきらめたと思ってたんだけど……もしかして、出向したのって彼女のため？」

呆《あき》れたように聞いてくる姉に、白瀬は観念して認めた。これ以上、話を長引かせたくなかったからだ。

「そうだよ」

「けっこうしつこいのねぇ。それって、恋愛感情なの？」

気の長い白瀬と違い、移り気な姉には信じられないのだろう。どこか心配するような声音だった。弟が、意地や執念で相手を追いかけているると危惧しているのかもしれない。

そんな姉の懸念を払拭してやるように、白瀬は想いをこめて言った。

「ああ……好きだよ。愛してる。悪いか？」

たしかに彼女のことは一度はあきらめて、他の女性と恋愛したり付き合ったりと、年齢なりの経験は積んできた。それでも、心の片隅にずっと彼女はいたし、男女として結ばれなくても、友人として見守っていきたいと思っていた。そういう穏やかな気持ちだった。

その気持ちが再び恋愛に転じたのは、彼女が死のうとしたからだ。

今、彼女を手放したら、もう二度と手に入らない。他の男にとられるなんて生易しいものではなく、会うことも声を聞くことも、今までみたいにメールでやり取りすることもできなくなる。そう思ったら、愛しさがすごい勢いで襲ってきて、白瀬を飲みこんだ。

あの時、自分が心からほしいと思う女性は、世界に彼女だけなのだと感じた。友達でいい、見守るだけでいいなんていうのは建前で、自分を傷つけないための嘘だったと気づいてしまった。

もっと早くに、強引に、あの元婚約者から奪ってさえいれば、彼女が死のうとするまで追いつめられることもなかっただろうにと、何度も後悔した。もう二度と、こんなことが起きないように、彼女を救いたいとも思った。その過程で自分が憎まれ役になってもかまわなかった。

おかげで好感度は下がり、会社でも女性社員からの風当たりが強くはなったが、彼女が幸せそうなので結果には満足している。問題は、告白が遠のいたことぐらいだろう。

「じゃあ、来週……」

そう言って通話を終わらせた白瀬は、ふと、背中に風を感じて振り返った。閉めたはずのドアが開いているのに首を傾げた。

＊　＊　＊

鈴木の表札がかかった数寄屋門をでたところで、姉にぐいっと髪を引っ張られた。パチン、という音がして頭が重くなる。何事かと頭に触れると、指先に髪飾りがあたった。

「私より似合うじゃん」

頭に、大きな花の髪飾りをつけられた光一はしかめっ面で姉をにらみつけた。二人は裾を折り返したデニムのズボンに、ふわふわしたモヘアの白いセーターを着ている。

二卵性双生児の男女だというのに、顔がよく似ているせいもあって、母親がなにかとお揃《そろ》いの格好をさせたがる。髪型も同じで、ショートカットが少し伸びてきたようなボブだ。ただ、よく似ている二人を簡単に見分けるために、姉はいつも可愛らしい髪飾りをつけられていた。今、光一の髪につけられた花飾りがそれだ。

「姉さん、これとってよ」

光一は、つけられた髪飾りをとろうと引っ張るが、どうやって装着されているのか、はずれない。姉は「イヤだね」と言って、ひらりと回転しながら跳ねて、光一の傍から離れていく。

「これから、松岡たちと遊びにいく約束だもん。そんなのつけてらんないし」

松岡というのは、この辺の子供のリーダー格で小学校高学年になる男子だ。活発な姉は女子と遊ぶのでは満足できず、たびたび光一の振りをして松岡たち男子の遊びに混じっている。

「またかよ……」

「いいじゃん。どうせ、あんたは図書館にでもいくんでしょ。帰りに迎えにいくから、それまでそれ預かっててよ」

汚したらママに叱られるから、と姉が拝むような真似をする。しょせん真似で、心から頼んでいないのは見え見えだ。

だが、光一はそんな姉に振り回されるのは慣れていたので、溜め息一つで了承した。

「わかったよ。怪我しないようにね」

そう言って送りだし、図書館へ向かう。

今年七歳になる光一は、最近、親の離婚で引っ越してきたばかりだった。二人の家があるのは閑静な住宅街で、車の通りは少なく治安もいい。小学校に上がるぐらいから、子供は親の付き添いなしに遊びにでかけられる地域である。

住まいは母の実家だ。仕事で家を空けることの多い母に代わり、普段は祖父母と暮らしている。

都心にある私立小学校に入学したので、転校はせずに電車通学をしている。そのせいで、この地域に子供の知り合いはいない。社交的な姉は、あっという間に遊び友達を見つけてきたが、それはなぜか男子ばかりで、男の振りをして遊び回っている。そのたびに、光一はこうして姉の髪飾りをおしつけられる。

い。

近所に知り合いもいないので、髪飾りをつけているところを他人に見られてもかまわない。

ふと、顔を上げる。十字路のカーブミラーに映った自分は、髪飾りのせいで少女にしか見えない。姉よりも女っぽいつくりの顔なので、髪飾りをつけていても違和感がなかった。

うんざりした気分で嘆息すると、反対側から歩いてきた少年に声をかけられた。

「あ、光一じゃんか！」

誰だろう。姉が光一の振りをしてつくった男友達に違いない。

「なんだよー変なもん頭につけてんな。女みてぇー」

「えっと、これは……」

少年は、光一を指さして笑う。仲間内の気安さなのだろうが、光一にとっては知り合いでもなんでもないので、不愉快なだけだった。

だが、ここで怒るわけにもいかない。少年は姉を光一だと思っているのだから、自分は姉の振りをするべきなのだろうか。そう悩んでいると、今度は背後から知らない少女に声をかけられた。

「もしかして、ヒカリちゃん？」

振り返ると、色白で真っ直ぐな黒髪が綺麗《きれい》な、大人しそうな眼鏡少女が立っていた。手には黒い革製のトートバッグを提げている。習い事バッグのようだ。

またしても姉の知り合いか……。光一は、少女にも見覚えがない。

それにしても困った。姉が光一の振りをして遊んでいる少年に、姉本来の性別で知り合ったとおぼしき少女に、どちらとも面識のない光一が挟まれている。なんという状況だ。

姉の節操なしの人付き合いに加え、性別詐称、いい加減にしてほしい。

「えっと……そう、ヒカリだよ」

とりあえずここは、姉ヒカリの振りをするしかない。頭に髪飾りをつけているし、姉は光一と名乗って松岡たちと遊びにいっている。ここで自分が光一だと言えば、どこかで矛盾が起きる。

ぎこちなく微笑むと、緊張気味だった少女の顔がふわっとほころんで笑顔になる。可愛らしい笑みに、光一の胸がどきっとした。少年はというと、困惑したように光一の顔をまじまじと見つめている。

「お前、光一じゃないのか？　なに嘘ついてんだよ」

「えっと……」

双子であると説明しようとしたところで、少女が光一を守るように前にでてきた。

「あなた誰？　ヒカリちゃんに失礼なこと言わないで」

大人しいと思っていた少女は、意外にも強かった。気が強いというタイプには見えなかったが、意見はしっかり言う性格のようだ。委員長タイプというやつだろうか。

「なんだよ、お前は引っこんでろ！　関係ねぇだろ！」

「関係なくないわ。ヒカリちゃんは友達だもの。変な言いがかりをつけて困らせないで」

声を荒げる少年に対して、少女はとても冷静だ。年の割にしっかりしている。

そう感心していた光一だったが、バッグを持つ少女の手が震えているのに気づいて、話に割って入った。

「あの、二人ともいいかな？　ぼく……私は、光一の姉のヒカリで、双子なんだ。二卵性なんだけど、顔がそっくりでよく間違えられるの」

姉の振りというか、標準的な女子らしい口調を真似てみた。二人とも不審がる様子もなく、えっと目を丸くした後、そうなんだと頷いて納得した。

「すげぇ、光一とたしかにそっくりだけど、お姉さんのほうが綺麗ですね」

少年の口調がなぜか改まっている。しかも光一を見る目が輝き、頬がほんのり赤い。大変申し訳ない気持ちになった。

その後、少年は何度もこちらを振り返りながら去っていき、少女と光一が残された。ところが困ったことに、友達らしき少女の名前を知らない。この場をどう切り抜けよう。

今さら実は男で、弟の光一のほうですとも告白しにくい。どうしたものかと思案していると、少女が唐突に頭を下げてきた。

「ご、ごめんなさいっ」

「えっ、ええ？　なに？」

「友達だなんて、本当は一度しか会ってないのに、なれなれしいことを言ってしまって、ごめんなさい」

「え……そうなんだ？」

なんだかよくわからないが、親しい仲ではなかったようでほっとした。とりあえず頭を上げてもらい、名前を聞くと「野々宮菫」だと名乗った。

「じゃあなんで、菫ちゃんはさっき友達だって声をかけてくれたの？」

「知らない男子に絡まれて、困ってると思ったから……私、前にヒカリちゃんに助けてもらったの。おぼえてないと思うけど、お返しがしたくて」

なんでも、習い事に向かう途中、見知らぬ男性に声をかけられ、車に乗せられそうになった菫を、ヒカリが救ったそうだ。そしてお礼がしたいという彼女に、急いでいるからと名前だけ名乗って去っていったという。

なんて男前なんだ。あんな自分勝手な性格をしているのに……。

なぜか理不尽なものを感じながら、光一は話を合わせておいた。

「ああ、そういえば……そんなことあったかな?」

「あの時は本当にありがとう。それでお礼をしたいんだけど……」

菫がおずおずといった感じで光一を見上げてくる。小動物的な可愛さで、守ってあげたくなる雰囲気があった。

助けたのは姉だが、このまま離れがたくて、光一はお礼を受けることにした。どうせ姉は助けたのを忘れているだろうし、日ごろ迷惑をかけられている役得だと思うことにする。

それから、習い事の帰りだという菫に連れられ、彼女の家でご馳走《ちそう》になった。彼女の母親は穏やかで優しく、菫とよく似ていた。家を辞する頃には、菫とすっかり打ちとけていて、彼女と読書の趣味が合うこともわかった。気が合うのか、話が尽きず、菫も誰かとこんなにおしゃべりできたのは初めてだという。そしてまた会おうと約束して別れた。

その後、菫とは図書館で会うことが多かった。あとは彼女の家だ。

付き合いが深まるにつれ、菫は内気ではあるが、とても義理堅い性格だというのがわかってきた。光一に声をかけた時、彼女は恩返しがしたい一心で、勇気をふりしぼって少年に立ち向かっていたのだ。普段は知らない人、ましてや異性と話すのはとても緊張してしまうのにだ。

そのいざという時の勇気に惚《ほ》れ惚《ぼ》れし、菫を愛しいと思った。逃げることだってできただろうに、戦うことを選択できる彼女は、けっして弱くはない。それから、もっと彼女と仲良くしたい。ずっと一緒にいたいと思うようになっていった。ただ、異性が苦手な彼女に、実は男だと告白できなくなった。

そんな楽しい二人の時間は、一年ほどで終わりを告げた。光一の母が遠縁にあたる白瀬家の当主と再婚し、相手の仕事の都合でイギリスにいくことになったからだ。

白瀬家当主は若い頃の病で子供を持てない体質だそうで、母が子持ちなのを嫌がるどころか、一度に二人の子供を持てることを大変喜んだ。それに遠縁でもあるので、白瀬家の血が少しは入った子供である。跡継ぎとして、周りも喜んでいた。

母が幸せになるのを邪魔したくはない。けれど菫と離れることになった光一は嬉しくなかった。日本に残りたいとも思ったが、そんな我が儘《まま》は言えぬまま、渡英した。

そして自分が本当はヒカリではなく、光一だと言う機会もそのまま失ったのである。

act.9

今夜、白瀬は帰ってこないらしい。ホテルに泊まるそうだと、夕食の席で戸塚から聞かされ、なんでもないふうを装いはしたが、内心ひどくショックを受けていた。

菫は濡《ぬ》れた髪をタオルで拭いながら、ベッドに腰かける。

白瀬とは、ここ一週間ほど普通に会話をするようになっていた。ただ、仕事が繁忙期に入ってしまったので、お互いに疲れていて、込み入った話はしていない。もちろん体を繫《つな》げることもなく、二人とも帰宅するとすぐに寝てしまうことが多かった。

菫は先に上がったが、今日も白瀬は残業していた。その後に、ホテルにいったのだろう。

「誰なんだろう……」

きっと電話の相手と会っているに違いない。約束していた金曜の夜は、今夜だ。

胸がきゅっと締めつけられ、苦しくなる。一緒に下腹部も痛んだような気がして、あせった。お腹を見下ろし、そっと手で押さえる。

予定日をすぎたが、生理はきていない。吐き気は時折するが、ただのストレスかもしれない。検査薬は、まだ怖くて試していなかった。

足元に、無造作に置いていた仕事鞄《かばん》から本をとりだす。まだはっきり決まったわけでもないのに、妊娠・出産に関する本を買ってきてしまった。インターネットでも検索したが、それだけでは情報が不確かな気がした。

膝に置いたそれを見つめ、溜《た》め息がこぼれる。こんなものを買ったり調べたりするより、まず病院にいって妊娠しているかどうかはっきりさせるほうが大事だ。それはわかっているのだが、真実を知るのが怖かった。

もし、妊娠していたら……。

産む以外の選択肢は考えられなかった。白瀬も産むのを反対はしないだろう。そもそも彼が、自分の子供を産まないかと持ちかけてきたのだから。

けれど産んだ後はどうなるのだろう。今まで考えないようにしていたが、現実が迫ってくると、逃げだしたくなった。

産んだら、きっと白瀬と別れなくてはならない。子供とも別れることになるだろう。彼が必要としているのは、菫ではなく子供なのだ。

それで菫はどうなるのだろう。生きていけるのだろうか？

幸い仕事はある。同僚との関係も良好だ。贅沢《ぜいたく》しなければ、自活できるぐらいの給料はもらっているので、生きてはいける。ただ、本当にそれでいいのだろうか。

想像するだけで、心に寂寥《せきりょう》感がたちこめて苦しくなる。

きっと無理だ。子供とも白瀬とも別れるなんて。

精神的に普通ではなかったとしても、妊娠してもいいなんて、軽々しく思っていた自分を殴りたい。なんて馬鹿だったんだろう。

好きな人の子供を産めるのは幸せだと思えるのに、その好きな人は、自分のことを想っていない。親切にはしてくれるけれど、他に好きな女性がいる。

「その人に産んでもらえばいいのに……」

思わずこぼれた声は、嫉妬と悲しみが混じった刺々しいものだった。

将来を考えると、頭がおかしくなってしまいそうなほど不安がこみ上げてくる。一つ一つ問題を片づけていけば、いずれ道は開けてくるはずだと思うのに、目の前に散らばった問題のどれから拾えばいいか判断できない。

この不安を、外にぶちまけたい。誰かに話を聞いてもらいたい。だが、こんな内容を話せる相手なんていなかった。

同じ会社の牧原に話したら、怒って白瀬になにをするかわからない。ヒカリになら話せるかもしれないが、もう心配はかけたくなかったし、そうやって頼ってばかりいては成長がないような気がする。ただ、真実を話さないまでも、他愛のない会話はしたいかもしれない。それで気を少しでもまぎらわせたい。

そう、ただの世間話でもいいのだ。こうやって一人でじっとして考えこんでいると、気が滅入ってしまう。

その時、仕事鞄の中でスマートフォンが鳴った。ヒカリからのメールだった。

『今、日本にきてるんだ。明日会えないかな？

ほら、本当なら明後日は菫ちゃんの結婚式だったじゃない。

で、仕事オフにしてたから、日本にきちゃったんだよね。

菫ちゃんに会いたいな～』

その内容に、菫はすぐさま返信した。自分もヒカリに会って話がしたいと……。


昼すぎに目を覚まし、ホテルのレストランに連れてこられた白瀬は額を押さえた。大きな掃き出し窓に面した席は、美しい庭園が一望できる。開いた窓からは心地良いそよ風が入ってくるのも悪くないが、今の白瀬には日除け越しでも太陽がまぶしかった。

「頭が痛い」

「弱いわね～大して飲んでないくせに、昨日は早々に寝ちゃうし」

隣のソファに腰かけた姉が、セミロングの髪をかき上げる。中性的な美貌を持った姉は、白瀬と顔のパーツがよく似ている。子供の頃は、二卵性双生児なのに一卵性と間違えられるほどよく似た姉弟だった。

「仕事が忙しくて、疲れてたんだ」

白瀬はけっして酒に弱いほうではない。ただ珍しく二日酔いになったのは、昨夜、残業後にホテルの姉の部屋にいき、空きっ腹にアルコール度数の高い酒を飲んでしまったせいだ。おかげですぐに酔いが回り、気づいたらソファで寝ていた。

姉はというと涼しい顔で、注文したアフタヌーンティーを楽しんでいる。三段のケーキスタンドには、二人ぶんのケーキとお菓子、サンドイッチが載っているが、白瀬に食欲はなかった。姉も承知しているのだろう。断りもなく、白瀬のぶんも食べている。というより、最初から二人ぶん食べるつもりで注文しただけかもしれない。

それなら部屋で寝かせておいてくれればいいものを。一緒にアフタヌーンティーをするんだと叩《たた》き起こされた。そもそも、こんなところで姉と食事などしていたくない。アフタヌーンティーをするなら菫相手がいいし、さっさと帰宅して彼女に会いたい。最近、めっきり会話がなくなっているので、できてしまった溝を埋めたかった。

それと気がかりな件がある。書斎の鍵をかけわすれてきたのだ。誰も入らないと思うが、万が一ということもあるので、心配だ。

白瀬は痛むこめかみを押さえながら、息を吐く。昨夜、着替えずに寝てしまったせいでワイシャツは皺《しわ》になっている。その上にジャケットをはおっていた。姉が珍しく、ハンガーにかけておいてくれたおかげで、ジャケットだけは無事だった。

ふと、内ポケットに手をやる。そこに入れていたはずのスマートフォンがない。部屋に置いてきたのだろうか。

そんなことを考えていると、隣の席の姉が、ケーキを食べながらスマートフォンをいじっている。メールを打っているようだった。

行儀が悪いと思いつつ手元を見ると、自分が持っているのと同じ機種だ。日本製だが同型が海外でも売っていただろうか。

首を傾げようとして、顔がこわばった。同じもなにも、そのスマートフォンは白瀬のものだった。

「ちょっと、姉さんっ！」

「送信っと」

「人のスマートフォンでなにして……いたッ」

慌てて、姉の手からスマートフォンを奪おうと身を乗りだしたところで、ガンッと強く脛《すね》を蹴り飛ばされた。白瀬は痛みに呻《うめ》いて、ソファに沈んだ。二日酔いのせいで、反応が鈍くてよけきれなかったのが悔しい。

「こんなところで騒がないでくれる。恥ずかしいじゃない」

なにか反論してやりたかったが、蹴られた脛が痛すぎてなにも言えなかった。その間にも、姉はメールで誰かとやり取りをしている。今すぐにでもやめさせたい。

「……それ、ロックがかかっているはずだが」

なんとか声がでるようになった。姉は、そんな白瀬を鼻で笑って言った。

「野生の勘で解除したのよ」

そこは女の勘ではないのかと思ったが、この姉なら野生の血のほうが騒ぐのかもしれない。

「姉さん、いい加減返してくれないか？」

やっと痛みが引いた白瀬は、身を起こして手を差しだした。さっきみたいに無理に奪おうとすれば、また蹴られるかもしれない。

すると姉は、あっさりとスマートフォンを投げてよこした。

「もう用はすんだから、返してあげる」

人のものを勝手にいじっておいて、ひどい言い草である。

「いったい誰にメールを……」

文句を言いながらメールを開くのと同時に、姉が立ち上がり、出入り口に向かって手を振った。つられて顔を上げた白瀬は凍りついた。

若草色のワンピースにオフホワイトのカーディガンをはおった菫が立っている。以前、白瀬が買ってやった服のうちの一着だ。ずっとクローゼットの肥やしにされていて、やっと着てくれたんだという嬉《うれ》しさはあったが、それどころではない。

「あー、こっちこっちだよ～。久しぶり、菫ちゃん！」

店員に案内されてやってきた菫も、驚きに目を丸くしている。

手元のスマートフォンを恐る恐る見下ろす。さっき姉が送信していたメールの宛先に、菫と名前が表示されていた。白瀬の体から、さーっと血の気が引いていく。姉は彼女とどんなやり取りをしたのか。履歴を見ると、昨夜からメールをしている。

そんな二人を尻目に、姉はマイペースにお互いの自己紹介など始める。そんなもの、今さら必要ないと知っていてだ。

「こっちは私の親友の野々宮菫ちゃん。綺麗《きれい》系でしょ～。で、こっちがね……」

白瀬を振り返った姉の目が、意地悪な光を放つ。嫌な予感しかしない。

だが、先になにか言おうと口を開きかけた白瀬の腕に強引に腕を絡め、頬にちゅっと音を立てて口づけた。これに驚いて、白瀬は出遅れた。

「私の愛する男よ」

姉の誤解を招く発言に、みるみるうちに菫の表情がこわばっていく。白瀬は慌てて否定した。

「違うっ！　ただの弟だ！」

腕を振り払い、ソファから立ち上がる。姉は楽し気に笑って言う。

「あら、嘘はついてないでしょ」

肉親としてという言葉が抜けているのはわざとだ。白瀬は菫を振り返った。

「彼女は、双子の姉のヒカリなんだ」

さすがにこれで誤解はとけると思ったのだが、天然な面がある菫は、さらなる勘違いをしてくれた。

「はい、わかりました。ご姉弟でそういう関係なんですね……他言はいたしません」

神妙な面持ちで返ってきた言葉に、白瀬は絶句した。

「では、失礼いたします。今まで本当にお世話になりました。ありがとうございます」

菫はそう言って丁寧に頭を下げると、走るようにレストランをでていってしまった。

「……えっ？　ご、誤解だっ！」

「そうくるかー」

やっと正気に戻って叫ぶが、本人はもう走り去った後。姉は優雅に紅茶を飲みながら「菫ちゃんて面白い子ね」なんて言っている。その姉を押しのけ、慌てて菫を追いかけた。


背後で白瀬の声が聞こえた気がしたが、菫はホテルのエントランスに停まっていたタクシーに飛び乗った。邸に向かう車中で、上がってしまった息を整えながら、頭の中も整理しようとする。

白瀬とヒカリが双子の姉弟だというのは本当らしい。ということは、二人は同い年。ヒカリは菫の一つ上だから、二十五歳のはずだ。白瀬も同じ年だというのに驚いた。

「三十はこえていると思ってたのに……。一つしか違わないなんて」

それであの落ち着きようかと愕然《がくぜん》とする。それに比べて、自分は幼すぎるのかもしれない。

しかも二十五歳で課長とはどういうことなのか。社員の年齢層が比較的若いＩＴ企業ではあるが、課長職につくのは三十前後が多い。二十五歳ぐらいなら、せいぜい係長クラスだ。やはり白瀬家の御曹司ともなると違うのかもしれない。

そういえばヒカリは飛び級をして、早くに就職している。白瀬も同じで、実質、三十歳前後の人と同じぐらいのキャリアなのかもしれない。

それより、白瀬とヒカリが姉弟で愛し合っていたなんてショックだ。けれど、これで白瀬が子供を望んだ理由に納得がいく。

近親相姦《きんしんそうかん》の上に、双子では血が濃すぎる。跡継ぎをつくるためだけに、白瀬は結婚する気はないのだろう。それだけ姉のヒカリを愛しているのだ。

血縁の子供だけ産んで別れてくれる女性を探すのは難しい。お金で解決できたとしても、後でやっぱり子供は渡せないだとか、自分の子供だと女性が主張してきては面倒だ。そこで自殺未遂をした菫を選んだのではないだろうか。子供を産んだ後に死んでしまうなら好都合というものだ。

白瀬も、「死にたいということは、その体に用はないということだな」と言っていた。産んだら、楽に死なせてやるとも。だから、菫は世話を焼かれ、大切にしてもらえたのだ。

「私、道具として大事にされてたんだ……」

そう言葉にしたとたん、目から涙がぽろりとこぼれ落ちた。

最初は、それでもいいと思っていた。子供を産む道具でも、自分が誰かに必要とされている事実が嬉しかった。

けれど今は違う。白瀬を好きになってしまった。

もう、道具ではなく、一人の女性として求められたいと思っている。それがおこがましい願いだとわかっていても、気持ちを抑えられない。死ぬことだってもうできないのだ……。

そこで、ふと違和感をおぼえて、涙が止まる。

「あれ……？　もう死にたくないけど……光一さん、喜んでた」

あれが夢でないなら、菫に自殺願望がなくなったことを白瀬は嬉しがっていた。それに今までを振り返ると、彼の言動はすべて菫を生かすためのものに思えてくる。

できなかったことをできるように協力したり、女友達をつくるよう勧めたり、仲違いを自力で解決するよううながしたりと、かなり手間暇かけて菫の相手をしている。子供を産む道具にしようとする相手に対して、あまりに手厚すぎる。出産するまで死なせないための世話だとしても、これでは生きる気力がわいてきてしまって意味がない。

「ん？　あれ？　どういうこと？」

頭を整理するどころか、混乱してきた。菫が頭を抱えていると、タクシーは邸《やしき》に到着してしまった。

ともかく、荷物をまとめて邸からでなければ。もうここでお世話にはなれない。

玄関をくぐると、でていってすぐに戻ってきた菫を、戸塚が驚いて迎えた。忘れ物で、またすぐにでかけると言い、自室に向かった。

戸塚に怪しまれないようにでたほうがいいだろう。引き止められたら面倒だ。

菫は自室に入ると、小ぶりのボストンバッグに、一泊できるぐらいのものをつめていく。下着やメイク道具、着替えなど……それから、仕事に使っている鞄を引き寄せる。中から筆記用具や充電器をボストンバッグにつめ替え、入れっぱなしにしていた妊娠・出産に関する本を手にとった。

これも持っていこう。

菫は震える唇を引き結び、ボストンバッグに本を入れる。これからを考えると不安ばかりが押し寄せてくる。

まず不動産屋にいって、新しい部屋を探さなくてはならない。幸い明日も休みなので、二日使って探せる。部屋が見つからなかったら、しばらくはビジネスホテルで暮らすしかないだろう。

部屋を借りて一人暮らしをするのは初めてだ。不動産屋にいくのだって初めてだった。けれど躊躇《ちゅうちょ》はしていられない。

病院にもいくのだ。まだ膨らみも、なんの変化もない腹を見下ろし決心する。

もし妊娠していたら、自分一人で育てよう。初めてでわからないことばかりだったが、自分でどうにかしなくてはならない。もう、白瀬には頼れないのだから。

「大丈夫。できる……もう、独りぼっちじゃないもの」

ヒカリに相談はできなくても、牧原たちに相談はできる。一人で考えてわからないことも、人に相談すれば無限に答えが見つかり、道が開けていくのを今は知っている。

悩んで立ち止まっている暇はない。

妊娠に至ってしまった経緯は、あの時は精神的に不安定で白瀬に流されてしまったとか、白瀬と体の関係を持つことで落ち着いたとか、いろいろと言い訳はできるかもしれない。けれど、今の状況を招いたのは自分の軽率さだ。軽率さにも責任は伴う。

もし、このお腹に命が宿っているのなら、菫はそれを守りたい。好きな人の子供を産んで育てたいと思う。だから、白瀬とヒカリに子供をあげることはできない。

ならば、自力でどうにかしなくてはいけないのだ。

ボストンバッグに必要なものをつめ終わり、ファスナーを閉じようとしたその時。

「菫っ！　待ってくれ……！」

ドアが乱暴に開いて、白瀬が駆けこんできた。びっくりして立ち上がる。ここの邸は、廊下に分厚いカーペットを敷いているので、走ってくる足音も聞こえなかった。

「姉とのことは誤解だ。断じて、性的な関係はない！」

そう言いながら走り寄ってきた白瀬に、ボストンバッグを提げた手を摑《つか》まれる。

「は、放してください！　言い訳なんて聞きたくありません！」

「言い訳じゃない。なにがどうしたら、姉となんて誤解をするんだ……！」

「だって、私、聞いたから……っ」

電話で白瀬が愛を囁《ささや》いているのを思いだし、涙がこみ上げてくる。自分に与えられることのない愛の告白が羨ましくて、嫉妬してしまうのが悔しい。

「なにを聞いたと言うんだ？」

「いいから放して……っ！」

ぶんっ、と強く手を振った。開いたままだったボストンバッグから、衣類と一緒に本が転がり落ちた。

「え……？　なんだ、それは？」

落ちた本を見た白瀬が、ぎょっとしたように瞠目《どうもく》する。菫は真っ青になった。

「まさか妊娠……してるのか？」

菫の手を摑む力が緩まる。その隙に、拘束する手を振りほどき、茫然《ぼうぜん》としている白瀬を突き飛ばして部屋から逃げた。玄関に向かって走っているつもりだったが、広い邸の中で方向を見失う。背後からは白瀬が追いかけてくる。

「菫……！」

声がさっきより迫ってきている。捕まると思った菫は、手近なドアを開いて中に入った。その瞬間、背後でなぜか白瀬の悲鳴が上がった。

あまりの大声にびっくりしながら、ドアの鍵をかけた。その後すぐ、がちゃがちゃとドアノブが乱暴に回った。

「開けろ！　菫！」

「嫌ですっ！」

回るドアノブを手で押さえ、絶対にでていかないと白瀬に怒鳴った。するとしばらくして、ドアノブは動かなくなり、分厚いドア越しに白瀬の情けない声が聞こえてきた。

「頼むから……頼むから、なにも見ないででてきてくれないか。なにもしないし、君の好きにしていいから……頼む」

おかしなことを言う。首を傾げた後、菫は背後を振り返った。

大きな窓を背に、どっしりとしたマホガニー製の机がある。壁は一面、書棚になっていた。ここは恐らく、白瀬の書斎だ。以前、戸塚からこの部屋にだけは入らないようにと、注意を受けたのを思いだす。

「なにを見たら駄目なのかしら？」

見るなと言われれば見たくなる。なのに見るなとあえて言ってしまった白瀬は、かなり動揺しているのだろう。

机の上は綺麗で、一見しておかしなものはなにもない。唯一置かれた写真立てが気になるぐらいだ。

しばらくすると、ドアの向こうにあった白瀬の気配はなぜかなくなっていた。

菫は机を回りこみ、写真立てをのぞきこんだ。写真には、高校生ぐらいの女の子が二人写っている。

「え……これって、私とヒカリちゃんよね？」

日本にきたヒカリと遊んだ時のものだ。これを最後に、さっきホテルのレストランで再会するまで、彼女とは会っていない。

白瀬が弟なら、この写真を見たり持っていたりすることもあるかもしれないが、なぜ書斎に飾られているのか謎だ。愛している姉の若い頃の姿を見ていたい……としても、菫が一緒に写っている写真である必要はない。もっといい写真があるはずだ。

飾られているのは、デジタルカメラなどで撮影されたものではない。当時の、まだ画質のそんなに良くない携帯電話のカメラで撮った写真だ。それを印刷しているので、少しぼやけた感じがあり、あまり綺麗ではない。

「どうして……?」

この写真がここにあるのはやはり不自然で、とても気になった。菫はボストンバッグを机に置くと、見てはいけないと思いつつ、一番上の引き出しを開いた。

中は几帳面《きちょうめん》な白瀬の性格を表すように、筆記具などの文房具が綺麗に整頓されていた。特におかしなものはなく、二段目の引き出しを開くと、黒いファイルがずらりと並んで入っている。適当に一冊抜きとって開いてみた。

古い手紙がファイルされている。幼いけれど、それなりに整った字には見覚えがあった。

「え……この手紙って……私の?」

内容は、海外に引っ越してしまったヒカリに当てたエアメールだった。一通だけでなく、他のエアメールもファイリングされている。すべて菫が書いたものだ。それが途中でなくなったのは、やり取りがエアメールから携帯電話のメールになったからだ。

「なんで、これがここに?」

ますます、わけがわからない。菫は眉をひそめ、別のファイルを手にする。

今度は、メッセージカードがファイルされている。ヒカリの誕生日にプレゼントを贈る時につけているもので、最近のメッセージカードもある。他のファイルも次々と開いていくと、ヒカリと菫に関係するものばかりがでてくる。写真もあったが、それは高校に上がった頃に二人で遊んだところまでで途切れ、唐突にここ一、二年の菫の写真に飛ぶ。

その最近の写真は、明らかに隠し撮りで、どこか調査会社に頼んで撮らせたような感じだった。

机の上にそれらのファイルを開いて置いた菫は、茫然とするしかなかった。白瀬が陰でなにをしていていたのか、なにを考えているのか、まったく見当がつかない。

それとヒカリだ。いくら双子の姉弟で仲がいいからといって、友達との写真だけでなく、手紙やメッセージカードまで弟に渡すなんて、あまりに失礼ではないだろうか。というよりも、普通ではない。

腹を立てるよりも、不可解さに困惑する。なんだか気持ちが悪い。

部屋からでて、白瀬を問いただそうかと思った。するとドアの錠が回る音がして開いた。

「……見てしまったか」

スペアキーを手にした白瀬が、絶望でもしたかのように額に手を当て、ドア枠にもたれている。たった数分で一気に年をとったように憔悴《しょうすい》していた。

「あの、これはどういうことなんですか？」

菫は硬い表情のまま白瀬につめ寄る。彼は逃げはしなかったが、小さく唸《うな》るばかりでなかなか答えようとしない。終いにはこちらに背を向けてしまった。

逃げる気はないが、答える決心がつかないようだった。

「光一さん、教えてください」

だんまりを決めこむ白瀬に、苛立ちと不安が募ってくる。いったいどんな真実が隠されているのか、想像もできなくて怖かった。これだけのものを見ても、まだ白瀬を好きだから、よけいに苦しくてつらい。知らされる真実を、できることなら受け止めたいとも思う。

答えを催促するように、後ろから白瀬の腕にそっと手を添える。するとその手に、大きな手を重ねられた。

「少し時間をくれないか」

しぼりだすような声がして、重なった手を強く握られる。そして次の瞬間、手を引っ張られて体が前のめりになり、気づくとそっと部屋の外に押しだされていた。

「すまない。一人になって考えたいんだ」

その言葉を最後に、ばたんと目の前でドアが閉じて鍵がかけられた。

「え、嘘っ！」

今度は白瀬が立てこもってしまった。

「光一さん！　ひどいです！」

ドアノブを回すがもちろん開かない。ドアをどんどん叩いても、中から返事はなかった。

叩いていた手を下ろし、茫然とする。今こそ、白瀬に邪魔されずに邸をでていくチャンスでもあるが、貴重品の入ったボストンバッグはこの部屋の中。人質をとられてしまったようなものだ。

どうしようかと戸惑っていると、背後から「菫様、少々よろしいでしょうか？」と戸塚に声をかけられた。驚いて振り返ると、彼女は手に固定電話の子機とドラッグストアのビニール袋を持っている。

「ヒカリ様から、菫様へお電話です」

「え？　ここに電話？」

一瞬、驚いたものの、この邸はヒカリの家でもある。電話がかかってきても不思議ではない。

「それからこちらを……落ち着いたら、使ってください」

そう言うと、ビニール袋と子機を菫に渡して、戸塚はそそくさと去っていった。

「もしもし……」

恐る恐るでてみる。「突然ごめんね」とヒカリの明るい声が響いてきた。

「スマホにかけようかと思ったんだけど、知らない番号からかかってきたらでてくれないかもと思って、こっちに電話したんだ。驚いた？」

「え、ええ……でも、知らない番号って？　電話番号変わったの？」

電話をすることはまったくなかったが、ヒカリの電話番号は登録されている。すると彼女は、堪えきれないといった様子でふきだし、笑いだした。

なんだかその態度に違和感をおぼえる。不愉快というほどでもないが、菫の知っているヒカリと違うような気がした。

「まだ気づかない？」

やっと笑いをおさめた彼女が、からかうような調子で聞いてくる。

「え……ヒカリちゃん？　じゃない……あなた誰？」

長年、メールでのやり取りしかなかったが、雰囲気がぜんぜん違う。ホテルで会った時は、白瀬のことで動揺していてよく見ていなかったが、よく考えれば言動の端々に違和感しかない。前に送ってもらったヒカリの写真と顔は同じだったが、彼女は別人だ。

「私はヒカリ。白瀬ヒカリで、光一の姉。あなたの知ってるヒカリじゃないわ」

「え？　白瀬？　鈴木じゃないんですか？」

白瀬の姉なら白瀬姓なのは当然だ。菫の親友であるヒカリは「鈴木ヒカリ」だった。だから、白瀬と繋がりがあるなんて、今の今まで気づかなかったのだ。

「ああ、鈴木は母の旧姓よ。六歳の時に母が再婚して白瀬になったの」

「そういうことですか……」

納得はしたものの、疑問はなにもとけていない。

「えっと、それじゃあ……鈴木ヒカリは誰なんですか？」

「まだわからない？　鈍いのね」

ヒカリが鼻先で笑うのが聞こえた。不躾《ぶしつけ》で、やはり菫の知っているヒカリとは別人だ。

「それより、さっきはごめんなさいね。まさか、あなたがあんな勘違いするなんて思ってなくて、悪ふざけしちゃった」

こちらの聞きたいことなどおかまいなしに、ヒカリは話を変える。マイペースな人のようだ。

「弟は肉親として愛してるだけで、変な関係じゃないから。あり得ないし。それに二十年近くも初恋をこじらせてる弟が不憫《ふびん》すぎるから、信じてあげて」

「二十年？　初恋？　なんのことですか？」

ヒカリの話はあまりに不親切だ。しかも質問に答える気はないようだ。

「そういうのは弟に聞いて。とにかく近親相姦なんてないってことだけ伝えておきたかったの」

「わかりました……でも、その肝心の弟さんが書斎に立てこもってしまって、話が聞きたくても聞けないんです」

だから代わりに、ヒカリがなにか教えてくれないかと思ったのだが、彼女にその遠回しなお願いは通じなかった。

「あら、まあ。案外、意気地のないやつなのね。これスピーカーにできる？　私が弟と話すわ」

菫は言われた通りスピーカーのボタンを押し、子機を書斎のドアに向けた。

「光一！　聞こえる！」

ヒカリが大声で呼びかけると、ドアの向こうでなにかが倒れるような音が聞こえた。

「聞こえてるみたいですね」

そう告げると、ヒカリがまた大声で言った。

「そこからでてこないなら、あんたの女装を手伝ってやったこと、菫ちゃんにあらいざらい、しゃべるわよ！」

そう言い終わる前に、どたばたと足音が迫ってきて、書斎のドアが勢いよく開いた。

「変なことを言うなっ！」

でてきた白瀬は、そう怒鳴って子機の通話を切った。ぜーぜーと肩で息をつく彼を見上げ、こちらのほうが男性的だが姉と顔のつくりはそっくりだなと思った。

そして、白瀬の顔のほうが、菫の知っているヒカリとよく似ているのに気づいた。

「光一さん……どういうことですか？」

はっとして、白瀬がまたドアを閉めようとする。

「待ってください！」

今度は逃がさないとばかりに、菫は白瀬に飛びかかるように抱きついた。勢いあまって体当たりになってしまい、突然のことに白瀬がバランスを崩す。それでも、菫をかばうように、白瀬が下敷きになって床に転がった。

「つっ……危ないじゃないか！　妊娠してるんだろう！」

菫を抱きかかえて転んだ白瀬が、上半身を起こして怒鳴る。珍しいことだったが、怖くない。心配しているのがにじみでていて、聞いているだけで幸せな気持ちになる。

少し前まで、深刻に悩んでいたのがおかしくて、白瀬の体に跨《またが》るようにして起き上がった菫は、思わず笑ってしまった。

「おい、聞いてるのか……」

「女装ってなんですか？」

白瀬の口元が引きつり、言葉をつまらせる。立て続けに答えにくい質問をぶつけてやった。

「光一さんが……ヒカリちゃんなんですね」

呻き声を上げ、額を押さえて白瀬がまた床に倒れた。

「ずっと光一さんだったんですね。ヒカリちゃんとして私を励ましてくれて、女装してまで会いにきてくれたのって」

腕で顔を覆ったまま、白瀬はなにも言わない。

「どうして……教えてくれれば良かったのに」

「……言えるわけがないだろう」

白瀬は観念したように語りだした。

「本当はいつか言おうと思ってたんだ。それがどんどん年を経るごとに言いだしにくくなって……」

最初の出会いで、菫に女の子と勘違いされそのままにしたのは、子供だったので、男だと告げるより友達として仲良くなれると思ったからだそうだ。その後、女友達としての関係が深まるにつれ、今の関係を壊したくなくて言えなくなったという。また日本を離れていたので、バレる可能性も低く、つい告白が延び延びになってしまった。

その後、菫が高校に上がる前に、男だと告白しようとは思っていたらしい。それができなくなったのは、あのイジメ事件のせいだった。人を信じられなくなっている菫に、女だと思っていた親友が実は男で、ずっと騙《だま》していたなんて教えるのはショックが大きい。人間不信がよりひどくなってしまうかもしれないと危惧したからだ。

「……それでも、君が高校で生徒会に入って、少し落ち着いてきた頃に、言おうと思ったんだ。もうさすがに、女装で誤魔化せないような体格になっていたからな」

十六歳ぐらいまで、白瀬は華奢《きゃしゃ》な体躯《たいく》だったそうだ。姉と並ぶと姉よりも女らしく、姉妹によく間違えられた。それが十七歳になる頃、急激に体が成長し、一気に男らしくなり声変わりも始まったという。

これではもう、ヒカリとして菫には会えない。電話で話すのも難しい。

「なんで、その時に言わなかったんです？」

「それは……」

ずっと顔を腕で覆って話していた白瀬が、不意にその腕をほどいた。頬に赤みがさしてはいたが、ひどく真剣な顔をしている。

そしておもむろに起き上がり、腰に跨ったままだった菫の肩を掴み、真っ直ぐに見つめて言った。

「君のことが好きだからだ。初恋で、もう二十年近く想い続けている」

突然の告白に、菫は目を丸くした後、真っ赤になった。

白瀬がヒカリだったという事実にとらわれていて忘れていた。彼が自分のことをどう思っているか、散々悩んでいたということを。しかも子供を産む道具ぐらいに思われているのだと、落ちこんでいたのだ。

そこに突然降ってわいたように告白され、思いっきり動揺して逃げだしたくなる。けれど、白瀬にがっちりと肩を掴まれ動けない。

「……そ、そんなの知らなかったです」

「言ってないからな」

「言ってくださいい……」

「態度ではしめしていたつもりだ。だが、君があまりに鈍くて、私を恋愛対象として見ていないようだったから、言いだせなかったんだ。ヒカリの件についてもそうだ」

なんでも、男だと告げようと思った頃、菫が好きな異性ができたと相談してきたせいで言いだせなくなったという。白瀬はその時、男だと言うついでに、好きだと告白するつもりでいたのだ。

「タイミング悪かったんですね……」

「ああ、そうだ。その後も墓穴ばかり掘っていた」

あろうことか白瀬は、ヒカリとして菫の片想いを応援していたのだ。そして告白の後押しまでし、成功させてしまった。

「挙げ句に、君は婚約したからな……」

その時のことを思いだしたのか、白瀬は焦燥感たっぷりの表情で菫から目をそらした。

「あれでもう絶望して、一生、女友達のメル友でいようと決心したんだ」

「え……その決心はなにかおかしくないですか?」

そもそも女友達というのが間違いだ。軽く引き気味になっていると、にらみ返された。

「仕方がないだろう。恋人ができて幸せそうな君に好きだとは言いだしにくいし、男だと知られれば友達でもいられなくなるかもしれない。その頃にはもう、友達として君と仲良くしていたいという気持ちもあったんだ」

白瀬が言うには、恋愛感情とは別に友情も芽生えていて、恋の成就を心から喜ぶ自分もいたのだそうだ。とても複雑な心理状態で、恋愛がもう駄目なら、せめて友情は捨てたくないと思ったらしい。

「それからは、きっぱりと君をあきらめて、他の女性と付き合ってきた。忘れるつもりだった……だが、君が死のうとして、結婚も破談になったと聞いて、やっぱりあきらめられなくなったんだ」

　そう締めくくろうとする白瀬に、なにか矛盾を感じた。

「あの、ちょっと待ってください……なんであきらめたはずなのに、うちの会社に出向してきたんですか？　偶然？　でもおかしいですよね……だって、就活のこともヒカリちゃんに相談に乗ってもらっていたし」

　もちろんどこの会社を受けるかも話していた。また、今の会社はヒカリこと白瀬が推薦してきたのだ。

「私が就職する前にもう、光一さんは出向してきてましたよね。それって……」

　だんまりを決めこんでいた白瀬が、やっと重い口を開いた。

「そうだよ……私が君を合格させたんだ。まあ、入社試験の成績も合格ラインだったのでなんの問題もない」

「あの、でも、なんでわざわざ出向までしてきたんですか？」

　合格させるだけなら、親会社にいる白瀬からの縁故でどうとでもできる。出向する必要まではなかったはずだ。

　すると白瀬は、溜め息をつき「鈍い」と吐き捨てた。

「結局、あきらめがついていなかったからだよ。もうここまで話したからすべて白状するが、君が結婚してしまうまで傍にいたかったんだ。私だってメールだけでなく、君に会いたかったんだ！」

最後は半ば怒鳴るように言い、白瀬は肩で息をついた。

「結婚式には姉に出席してもらう予定だった。その後は、君も結婚していろいろな付き合いがでてくれば、独身のヒカリとは疎遠になるだろう。徐々に距離をとっていこうと考えていた」

その計画が、菫の父の死ですべて狂ったのだ。

「自殺する前の君からきたメール。あれを読んで生きた心地がしなかった……最期って……」

白瀬は、菫のスマートフォンのGPSをたどって居場所をつきとめたらしい。あの日、海で菫を助けたのは偶然ではなかったのだ。

「あの時、見つけられて本当に良かった」

そう言った白瀬の目に、薄っすらと涙がにじんでいる。

「親友と好きな人を一度に失うかと思ったんだからな」

「……ごめんなさい」

こんなに想われていたのを知らず、安易に死を選んだことが恥ずかしくて、申し訳なかった。

「こっちこそ悪かった……ずっと騙していて」

白瀬が神妙な顔つきになって頭を下げた。

「その……気持ち悪いだろう。女装したり、女の振りをしてメールしてたり。挙げ句に、子供を産めと言ったり……」

あの時、白瀬はかなり動揺していて、菫を死なせないための方法を真剣に考え、子供を産めと口走ったそうだ。親友としての付き合いが長かったので、菫は責任感が強いと知っていた。だからこの世に引き止めるものがあれば、死ぬのをあきらめるのではないかと考えたという。

すると白瀬が、膝の上に乗っていた菫を下ろし、床に正座した。つられて菫も正座をする。

「改めて告白させてくれないか」

白瀬が深呼吸して、菫を見据えて言った。

「君が好きだ。愛している。妊娠しているなら、結婚してほしい。これまでのことを気持ち悪いと思って断るなら、せめて子供についての責任だけはとらせてくれないだろうか」

深々と頭を下げた白瀬に、泣きそうになる。

「ありがとうございます。私も、光一さんが好きです」

「……気持ち悪くないのか？」

少し驚いた様子で、白瀬が顔を上げた。それに微笑んで返す。

「気持ち悪くなんてありません。だって、ヒカリちゃんは……光一さんは、私が一番つらい時に、いつも真っ先に駆けつけてきてくれたじゃないですか」

思いだして涙があふれた。菫が鈍感なせいで、気づいてあげられなかったのに、いつも傍で見守り支えてくれていた。こんなに想ってくれる人はどこを探してもいない。

「光一さんの長年の想いにはかないませんが、一緒に暮らして支えてもらっているうちに、好きになっていました。こんな鈍感な私ですが、どうかこれからもよろしくお願いいたします」

菫が頭を下げると、すかさず白瀬の広い胸に抱き寄せられていた。

「ありがとう……」

安堵《あんど》したような声とともに降ってきた口づけを受け入れる。その時、足になにかあたって、かさりっと音が鳴った。

「それはなんだ？」

キスを中断した白瀬が、菫の足元で丸まっているビニール袋を指さした。

「あ……さっき戸塚さんからもらったんです」

ビニール袋を開くと、中には紙袋が入っていた。それをさらに開く。でてきたものを見て、二人は絶句した。

添えられたメモには、戸塚の達筆な字で「きちんとお調べになったほうが、よろしいかと存じます」と書かれていた。

袋の中身は、妊娠検査薬だった。

act.10

白瀬邸の応接間に運んだ大きな姿見の前で、ドレスをまとった菫はくるりと回転してみる。「とてもお似合いですわ」という声が背後から上がった。

「出来上がりは、このようなシルエットになります。実際には、下にペチコートをはいて膨らませ、さらに飾りやレース、フリルが追加され、とても華やかな感じになりますよ」

デザイナーの女性が、レースや生地が張りつけられたサンプル帳を片手にあれこれと説明をしてくれる。試着しているのは、半年後にひかえた結婚式で着るウエディングドレスのサンプルだった。

肩の部分がレースで、胸元の開いたデザインのドレスは、ふわりとスカート部分が広がったプリンセスラインだ。今はサンプルなのでよけいな飾りはついていないシンプルなドレスで、バックトレーンも短い。実物はレースでできた長いバックトレーンをつける予定だそうだ。

挙式するチャペルが大きな建物なので、ヴァージンロードを歩いた時にとても映えるとデザイナーがやや興奮気味に話す。花嫁になる菫より、彼女のほうがウエディングドレスに思い入れがあるようだった。

「ちょっといいかな？」

開いたままだったドアをノックする音に振り返ると、白瀬が立っていた。

「では、わたくしはこれで失礼いたします。サンプルドレスは、次の時に持ち帰りますので、それまでになにか不備や変更、お気づきの点があったらお知らせください」

気を使ったデザイナーが、そそくさと荷物をまとめて退室する。ぱたん、とドアが閉じる音がすると、応接間に二人きりになった。

白瀬はどこか落ち着かない様子で、菫の前までやってきた。なにか言いたそうだが、なかなか言葉にできないのか、眉間の皺《しわ》ばかり深まっていく。

「光一さん……？　どうかしましたか？」

つい、我慢できなくて声をかける。すると白瀬は一つ咳払《せきばら》いして、「プロポーズの仕切り直しがしたい」と言った。

プロポーズは、白瀬がヒカリだったとわかった時にされている。結局あの後、検査薬を使ってみて妊娠はしていないとわかった。直後に生理もきた。ストレスによる生理周期の遅れと、菫の勘違いだったようだ。それに安堵《あんど》しつつも、なんだか残念な気分でもあった。

それは白瀬も同じだったらしく、「君との子供ならほしい」と言ってくれた。

その後、結婚話はとんとん拍子に進み、二人がそういう関係だったと知らなかった同僚たちは驚いたりもしたが、周囲からの反対もなく結婚式の日取りも決まった。そんな中、一人怒っていたのは牧原だ。

菫をとても心配していた彼女には、事の顚末《てんまつ》を正直に話した。もちろん白瀬の名誉のために、女装のことはにごした。白瀬が悪くなかったと知り、彼女の恋心が再燃したり、傷ついたりしたらどうしようと思っていたが、反応はまったく違った。新たに白瀬への怒りを強くしたのだ。

牧原に言わせると「いろいろわけありなのはわかりますが、だらだらと体の関係を続けたのは気に食わない。それって下心じゃないですか!」だった。菫が求めた行為でもあるとフォローしたが、「妊娠するリスクのある女性のほうが不利で悩むんですから、好きなら好きってもっと早く言うべきです! 課長の意気地なし!」となじった。それでも、菫がとても幸せなのだと言うと、最後には納得して、二人の結婚を心から祝福してくれた。

そして結婚後は、白瀬は親会社に戻り、菫は今の会社で働き続ける予定だ。牧原たちと仲良くなり、せっかく仕事が楽しくなってきたところなので、結婚で退社する気にはなれなかった。白瀬も自由にしていいと言っている。

今、菫は仕事に結婚式の準備にと忙しい日々を送っていて、今日はオーダーメイドのウエディングドレスの採寸だった。こんな感じで休日は式の準備でつぶされていき、白瀬とゆっくりすごす時間がなくなっていた。

それでも今日は、邸での採寸なので、白瀬と一緒にいられると思っていたら、彼は朝からでかけて帰ってこない。昼すぎになって帰ってきたら、いきなりプロポーズの仕切り直しをしたいと言う。

どういうことなのか。菫は目を丸くして首を傾げた。

「今さらですか……?」

「ああ、あんななし崩し的なプロポーズはやっぱり良くない。きちんと結婚を申し込みたい」

結納だってきちんとする予定なのに、律儀な人だ。でも、白瀬のそういうところが好きだった。

了承すると、白瀬が菫の前に跪《ひざまず》いた。突然のことに驚いていると、すっと手を差しだされる。つられて、手をだすと左手をとられた。

薬指にするりと冷たい感覚が走り、手の甲にキスが落ちる。視線を上げた白瀬と目が合い、心臓が高鳴った。

「結婚してほしい」

邸の応接間でロマンチックな雰囲気などないのに、白瀬の低くて艶のある声が耳に響き、胸が震えて体温が上がる。指には、この前二人で選んだ婚約指輪がはまっていた。

その時、裏庭に面した窓から陽光が差しこんで、二人を照らした。婚約指輪の輪郭が輝き、まるで映画のワンシーンのようだった。ドレスをきたままなせいもあり、自分がヒロインかお姫様にでもなったような気分に陥り、くらくらした。甘い雰囲気に酔いながら、菫は頷《うなず》いた。

「はい……嬉《うれ》しいです。これからもよろしくお願いします」

そう言い終わると、白瀬が立ち上がり唇を重ねてきた。誓いのキスのようで、胸のどきどきが大きくなっていく。

けれど誓いのキスみたいにすぐには終わらず、口づけは次第に深くなっていき、その情熱に押されるように、後ろによろめいた。激しく唇を貪られ、口腔《こうくう》を舌に犯され、甘い息苦しさに喘《あえ》ぐ。逃げるように後退すれば、口づけがそれを追いかけてきて、ますます濃厚になった。

とうとう膝の力が抜け、立っていられなくなる。白瀬は優しく菫の腰を抱きかかえるようにして、ソファに横たえた。

「あ……だめ、光一さんっ」

スカートをたくし上げ、白瀬が圧しかかってくる。忍びこんだ手は、意図を持って菫の太ももを撫《な》で上げる。

「こんな場所で、それにドレスが……」

「ドレスはサンプルだろう。汚れたら買い取ればいい」

ドレスの背に回った手が、ファスナーを下ろす。

「そんなことより、今すぐ君がほしい」

熱っぽく耳元で囁《ささや》かれ、菫は抵抗できなくなった。キスで火照り始めた体は、白瀬を求めていた。

ドレスの胸元を下着と一緒に引き下げられ、こぼれ落ちた乳房に白瀬が顔を埋める。すくうように乳房を揉《も》みしだき、膨らみに口づけて甘嚙《あまが》みする。快感が肌の上を走り、菫は小さく喘いだ。乳房を愛撫《あいぶ》されているのに、快感は徐々に全身へと回っていく。唇からは、はあはあといやらしくて甘い吐息がこぼれた。

指先でいじられ立ち上がった乳首を、舌で転がされ、しゃぶられる。じんじんとした甘い痛みが胸をさいなみ、体の中心が濡《ぬ》れてくる。とろりと蜜がしたたってくる感覚に、菫は膝をこすり合わせた。

「もう濡れてるな……気持ち悪いだろう」

スカートの中をまさぐっていた手が、早くも濡れそぼった下着を引き下ろす。あふれた蜜が内腿《うちもも》を濡らし、ドレスも汚した。

大きく開いた足の間に、白瀬が割りこんできて、片足をソファの背に乗せる。あられもない格好にさせられ、羞恥で全身が桜色に染まっていく。恥ずかしいと思うほど、蜜口がひくついて中が熱くとろけた。そこに白瀬の指が入ってくる。

襞《ひだ》をかき分け、ゆっくりと円を描くように中を撫でられる。蜜で潤っていたそこは、難なく指を受け入れて甘く震えた。抜き差しが始まるのと同時に、白瀬がそこに顔を埋めてきて、襞の中心で硬く立ち上がった肉芽に口づける。

「ひゃぁ……ンッ、そこはだめぇ」

電流のような淫らな痺《しび》れが走る。腰の骨が溶けてしまうような快感に身悶《みもだ》え、喘いだ。

そのうち、抽送を繰り返しながら指は三本に増え、肉芽を嬲《なぶ》る舌使いも激しくなっていく。広げられた入り口からしたたる蜜の濡れた音と、菫のあられもない息遣いが部屋に響く。

「あぁ、はぁん。もうっ……もう、いやぁ」

まだそんなに長く愛撫されているわけでもない。延々と続くような甘いだけの戯れに体がじれてくる。

中が熱くて、もどかしい。もっと強く、もっと奥を、硬いもので満たされたい。

「光一さん……っ、おねがいっ」

自ら誘うように腰を揺らす。舌と指だけでは、もう満たされないと訴える。

恥部を口淫していた白瀬が顔を上げ、蜜口から指を引き抜いた。喪失感に溜《た》め息をついたのも束の間、すぐに硬いものを押しつけられた。

「あっ、あぁぁ……！」

菫は嬌声《きょうせい》を上げ、背を反らす。

硬いそれが、一気に押し入ってくる。蜜口や中をこすり、最奥を満たす。菫が落ち着くのも待たずに、白瀬は動きだした。

すべてを奪うような激しさで、体を揺さぶられ、中を強く突き上げられる。繋《つな》がった場所が、くちゅくちゅと濡れた音をたて、そこから甘い痺れが全身に広がっていく。

もっと気持ち良くなりたくて、覆いかぶさってくる白瀬の背中に回した手にぎゅっと力を入れ、菫も腰を揺らした。

「光一さん、あぁ……好き」

快楽に翻弄されながら、あふれてきた気持ちを口にする。

「ああ、私も菫が好きだ。愛してる」

言葉とともにキスが降ってくる。愛しいと何度も告げるように唇が重なり、深くなる。熱をおびた二人の吐息が絡まり、混じり合い、触れている場所から溶け合っていきそうな感覚がした。

激しいけれど心地良い快感に包まれながら、菫は懐かしい匂いをかいだ。

ああ、これは昔にかいだヒカリの匂い。そして白瀬の香り。死のうと海に飛びこみ、助けられた時かいだ匂いと同じものだった。

そうか……初めから答えはすぐ傍にあったのだ。ずっと白瀬は菫を見守ってくれていた。

こんなにも愛されているのが嬉しくて、快感のせいとは違う涙があふれる。その涙を白瀬が舐《な》めとり、目尻に口づける。

「光一さん……ありがとう」

言葉は喘ぎにまぎれて、意味をなさない声になった。迫ってくる大きな快楽の波にさらわれ、菫は愛しい人の胸にすがりついた。

あとがき

この度は拙著を手にとってくださり、ありがとうございます。青砥あかです。

いつもオフィスラブを書こうとして、気づくと違うものになってしまうのですが、今回は普通の感じのオフィスラブが書けた！　……と思ったのですが、なにかがおかしいです。主にヒーローがなにかおかしいです。

ヒーローの設定ですが、プロットと妄想段階では「いいこと思いついた！」と思ったのですが、どうしてそう思ったのか自分で自分がよくわかりません。書き終わる頃になって、ようやくおかしいことに気づきました。多分、私の性癖のせいで、無意識にヒーローがなんだかおかしなことになるのだと思います。

誰でも持っている情けなさや頼りなさ、でも好きな女性の前ではそういう面を隠したい、でも相手のことが好きすぎるゆえに、緊張して失敗してしまったり、余裕をなくして奇妙な言動にでてしまうヒーローというのに萌えます。余裕のある言動がとれるうちは、まだまだそこまで想いが高まっていないのでは、と思ってしまいます。そんなこともないんだろうけど。

ともかく、初恋こじらせて悶々としてるヒーローこと白瀬を妄想するのは楽しかったです。菫の恋を応援したり、それが叶ってショックを受けたり、挙げ句に婚約までされちゃって絶望する白瀬を書きたかったのですが、本編から大幅にズレるし、ＴＬ小説じゃなくなるのであきらめました。

あと設定上、どうしても白瀬目線から書けなくてもどかしかったです。ヒーローが、ヒロインを好きすぎて脳内がおかしくなってるのを書くのも大好きです。たまに八割方ヒーロー目線なＴＬ小説を書いてみたいな～なんて思います。恐らく、気持ちの悪い内容になることでしょう。

では、このへんで失礼いたします。少しでも本作を楽しんでいただけたら幸いです。

青砥あか

蜜夢文庫

MITSU YUME

青砥あか・著作 好評発売中！

王子様は助けに来ない
幼馴染み×監禁愛

青砥 あか〔著〕／もなか知弘〔イラスト〕
定価：本体 660 円＋税

〈あらすじ〉私生児であるために虐待されて育ったしずく。すべてを諦めた彼女はストレス性の皮膚炎を患う陰気な女子高校生に成長した。だが、母の急死で行き場を無くしたしずくに、旧家の長男で幼い頃に絶交したいとこ・智之が救いの手を差し伸べる。「今日からコイツのこと、俺の性奴隷にするから」。祖母や伯母に反対されながらも、智之の部屋で暮らすことになったしずくは、ずっと好きだった彼と身体を重ねる。しかし、亡き母の知り合いだという謎めいた男が現れ――。

極道と夜の乙女
幼初めては淫らな契り

青砥 あか〔著〕／炎かりよ〔イラスト〕
定価：本体 660 円＋税

〈あらすじ〉この男にいいようにされるのは嫌なのに、体は蕩けて服従してしまいそうだった――。お嬢様育ちでありながら、罪を犯して夜の世界に流れ着き、ナンバーワンにのし上がってきた美月。周囲の誰にも心を許さず、処女を守ってきた彼女だったが、やむを得ない事情から暴力団のフロント企業の社長をしている桐生に抱かれることになって…。「いいんだな？」。欲に濡れた美月の目をのぞきこむ男の冷たい双眸は、獲物を玩具にして嬲り殺す獰猛な野獣の目つきだった！

❤ 好評発売中！❤

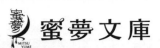

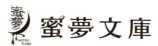

本書は、電子書籍レーベル「らぶドロップス」より発売された電子書籍を元に、加筆・修正したものです。

結婚が破談になったら、
課長と子作りすることになりました!?

２０１６年７月２９日　初版第一刷発行

著……………………………………………………………… 青砥あか
画……………………………………………………………… 逆月酒乱
編集………………………………………………… パブリッシングリンク
ブックデザイン………………… 百足屋ユウコ＋しおざわりな
（ムシカゴグラフィクス）
本文ＤＴＰ…………………………………………………… ＩＤＲ

発行人…………………………………………………… 後藤明信
発行………………………………………………… 株式会社竹書房
〒102－0072　東京都千代田区飯田橋２－７－３
電話　03－3264－1576（代表）
03－3234－6208（編集）
http://www.takeshobo.co.jp
印刷・製本………………………………… 中央精版印刷株式会社

ISBN978-4-8019-0796-6　C0193
Printed in JAPAN